Hermann Egger

Moidl

Hermann Egger

Moidl

Eine unglaubliche Geschichte aus Tirol

rosenheimer

www.rosenheimer.com

Titelfoto: © Erika Hubatschek (Blick von Tux-Oberjuns zum Hintertuxer Gletscher)
Foto auf der Rückseite des Schutzumschlages: © Hohenhaus
Lektorat und Satz: Bernhard Edlmann Verlagsdienstleistungen, Raubling
Druck und Bindung: GGP Media GmbH, Pößneck
Printed in Germany

ISBN 978-3-475-55022-5

Inhalt

Vorwort

Dieses Buch basiert auf wahren Begebenheiten. Es erzählt die Geschichte der ledig und kinderlos gebliebenen Bergbäuerin Maria Wechselberger, der »Hohenhaus-Moidl«. Sie nahm einen Vollwaise gewordenen Buben von einem Markt mit, wo er gehandelt wurde wie ein Stück Vieh. Dieser Bub war mein Großvater.

Maria Wechselberger, die »Hohenhaus-Moidl« (1939)

Wahre, altüberlieferte Geschichten geben tiefe Einblicke in eine längst vergangene Zeit und bringen viel Vergessenes zum Vorschein. Auf einem kleinen Bergbauernhof wuchs Moidl als Zweitälteste von zehn Kindern auf. Sie überlebte alle und war am Ende die Letzte ihrer Generation. Zeit ihres Lebens war sie von Schicksalsschlägen verfolgt. Erst ein paar Monate vor ihrem Ableben konnte sie den Frieden finden, der ihr über Jahrzehnte verwehrt geblieben war.

Neben der Geschichte des Hohenhauserhofes fließen in dieses Buch viele Ereignisse aus der Lokalhistorie und Besonderheiten von Land und Leuten ein. Aus alten Dokumenten, der Tuxer Gemeinde- und Pfarrchronik, diversen Urkunden und historischen Aufzeichnungen konnten Vorgänge und Ereignisse rekonstruiert werden.

Zahlreiche Bilder aus dem Archiv Hohenhaus, der Gemeinde Tux und von Erika Hubatschek geben zudem tiefe Einblicke in eine unwirkliche Welt am Fuße des Hintertuxer Gletschers.

Die Idee, diese interessanten, manchmal lustigen, aber oft auch tragischen Geschichten in Buchform zu veröffentlichen, kam von Klaus G. Förg, dem Eigentümer des Rosenheimer Verlagshauses.

Hansjörg Fankhauser hat Ahnenforschung zu den alten Hohenhausern betrieben, so wichtige

Fakten und Daten beigesteuert und letztlich dazu beigetragen, dass die Geschichten historisch richtig niedergeschrieben werden konnten. Er erstellte auch die Stammbäume, die einen Überblick über die erwähnten Personen geben.

An erster Stelle muss ich aber die ausführlichen Erzählungen meiner Mutter Wilma Egger nennen. Ohne ihr Wissen hätte ich dieses Buch niemals schreiben können.

Vor der Übersendung an den Verleger bat ich meine Mutter, Tante Christl Fankhauser, Hans Mader (Altbauer zu Jewer), Gustl Erler (Willeiter), Alphons Tourozzi, Hansjörg Fankhauser und den Tuxer Ortschronisten Franz-Josef Haag um Durchsicht. Vielen Dank für die konstruktiven Änderungsvorschläge, die ich gerne eingearbeitet habe!

Ich hoffe sehr, dass euch mein erstes Werk gefällt, vielleicht gibt es irgendwann eine Fortsetzung!

Hermann Egger

Das Armenhaus des Zillertals

Über viele Jahrhunderte hinweg war Hintertux das Armenhaus im Zillertal. Wie alle Bauernfamilien mussten sich auch die Hohenhauser das Essen vom Mund absparen. Nicht selten gingen die acht Kinder hungrig zu Bett. Erst am nächsten Morgen nach der Stallarbeit gab es dann Milchsuppe und Brot. Die Älteste war die dreizehnjährige Susanna, Moidl zwölf, der jüngste Hohenhauser war der einjährige Thomas, von allen »Tumml« genannt.

Um Brennholz zu sparen, heizte man die Stube nur an Sonn- und Feiertagen und natürlich zu Weihnachten ein. In der Rauchküche dagegen brannte das Feuer tagtäglich von früh bis spät. Das Nötigste zum Leben hatte man, aber die Angst vor Krankheiten, schlechten Ernten oder Tierseuchen war allgegenwärtig.

Mit dem Düngen im Herbst ging in diesem Jahr 1873 wieder einmal die anstrengende Feldarbeit zu Ende. Gerade noch rechtzeitig vor dem ersten Schneefall konnten die Hohenhauser den Mist auf ihren Feldern ausbringen. Moidl half der Mutter, das Essen auf den Tisch zu bringen, während ihre Geschwister im Stall waren oder vor dem Haus spielten. Im Gegensatz zum Vater freuten sich die Kinder über den ersten Schnee. Der Vater machte sich Sorgen wegen des hohen Brennholzverbrauches und möglicher Lawinen, die in den letzten Jahren immer näher an Haus und Stall herangekommen waren. Es schneite unaufhörlich, die Hohenhauserfamilie und ihre Angestellten saßen wortlos am Küchentisch und löffelten aus der großen Muspfanne.

Moidls Vater Alois, der Hohenhauserbauer, unterbrach die drückende Stille: »1405 wurden Höfe weggerissen, es gab viele Tote, ganze Familienstämme kamen ums Leben ... Die Überlebenden werden schon gewusst haben, warum sie Hintertux genau hier neu aufgebaut haben. Die drei Kreuze am Talschluss erinnern an die Toten, das Marterl an der Weiten Gasse beschützt uns Lebende.«

Nur das leise Knistern des Feuers durchbrach die wieder eingetretene Stille. Der sonst so besonnene Hohenhauserbauer war sichtlich unruhig. Er rutschte auf der Holzbank hin und her und schaute ständig beim kleinen Küchenfenster in das Schneetreiben hinaus.

»Haben unsere Vorfahren den Hof doch zu nahe am Lawinenstrich gebaut? Wenn die ganze Wand gleichzeitig abbricht, ist unser Hof der erste, den es erwischt«.

Der Knecht versuchte den Bauern zu beruhigen: »Hab keine Sorge, Hohenhauser, deine

Vorfahren werden schon gewusst haben, warum sie den Hof hierher gebaut haben. Die Wandlawine kam nie zum Hof und wird auch dieses Jahr nicht zum Hof kommen.«

Die Wandlawine kam oftmals bis direkt vor das Hohenhaus.

Wieder war es ruhig, niemand sagte ein Wort. Immer mehr Rauch sammelte sich in der Küche, weil das Schneetreiben den Kamin zuzuwehen begann.

Maria, die Bäuerin, wusste, was zu tun war: »Ich steige auf das Dach hinauf, um den Kamin abzukehren.«

Es schneite unaufhörlich, Tag und Nacht. Wie jeden Morgen gingen die beiden ältesten Kinder Susanna und Moidl mit ihrem Vater in den Stall.

Er schöpfte zuerst das Heu von der Tenne in das Futterloch, wo es direkt vor die Köpfe der Kühe fiel, dann mistete er aus. Susanna molk die Kühe, die jüngere Moidl die Ziegen. Ein Knecht und der älteste Sohn Sepp versorgten die Schafe im nahe gelegenen Bichlstall. Erst nach getaner Arbeit traten die Kinder den sieben Kilometer langen Schulweg nach Lanersbach an.

Der Advent hatte begonnen, und besonders freuten sich die Kinder auf den bevorstehenden Weihnachtstag – die Belohnung für die im abgelaufenen Jahr geleistete Arbeit. Der Advent und die Weihnachtszeit waren die einzige Zeit im Jahr, in der sie nicht im Stall arbeiten mussten. Dann durften sie einen Schneemann bauen oder im Freien spielen. Darauf freuten sie sich elf Monate lang.

In diesem Jahr jedoch mussten sie wegen der anhaltenden Schneefälle und der drohenden Lawinengefahr im Haus bleiben.

Wie jedes Jahr wurde einige Tage vor dem Heiligen Abend das Schwein geschlachtet. Für die Kinder war es kein schöner Anblick, wenn der Vater dem Schwein mit der schweren Hacke mit voller Wucht auf die Stirn schlug. Vor diesem Akt gingen die Mädchen lieber ins Haus, die Buben blickten ängstlich ums Eck. Moidl mochte es gar nicht anschauen, hatte sie doch das Schwein das ganze Jahr hindurch gefüttert. Das arme Tier schien von allem nichts mitzubekommen, kein Schreien, keine Gegenwehr. Es fiel auf den Boden und zitterte ein wenig. Schnell wurde die Halsschlagader aufgeschnitten und das herausströmende Blut in einer Schüssel aufgefangen und gerührt. Nach der Enthaarung im Saugront wurde das Schwein an den Hinterbeinen an der Wand des Hausganges hinaufgezogen und ausgenommen. Die Brüder Sepp und Franz mussten das Blut rühren, damit es nicht stockte.

»Das stinkt, mich graust es«, schimpfte der zehnjährige Sepp, der immer als Erster etwas auszusetzen hatte.

Der Vater war streng zu seinen Bediensteten, aber noch strenger zu seinen Kindern. Er verlangte Gehorsam und duldete keine Widerrede. »Rühr weiter, die Blutwurst magst du auch«, entgegnete er, während er mit seinem frisch geschliffenen Messer die Eingeweide bearbeitete. Zuletzt wurde das Schwein in der Mitte auseinandergehackt.

Nach ein paar Tagen war das Fleisch abgehangen, die Fleischteile wurden von den Knochen getrennt und zerlegt. Moidl und Susanna durften das Fett schneiden, aus dem die schmackhaften Grammeln, die »Groiggen«, über heißer Flamme ausgelassen wurden. Beim Abseihen gewann man das wertvolle Schweineschmalz. Alles wurde verwertet: die Innereien, der Darm – selbst das Mark aus den Knochen fand als

Suppeneinlage seine letzte Verwendung. Die kleineren Fleischabschnitte wurden gehackt und im gesäuberten Schweinedarm zu Würsten verarbeitet. Die großen Fleischteile wurden in einem Holzbehälter eingesalzen, mit Steinen beschwert und im Schnee vergraben.

Ein paar Wochen später hängte man das Fleisch an die Decke der Rauchküche. Jeden Abend verschloss man Kamin und Küchentür, damit das Fleisch durch den Rauch langsam zu Speck reifen konnte. Ständig tropfte das Fett auf den Boden. Ging man unten hindurch oder streifte man das aufgehängte Fleisch, dann bekam man einen Batzen auf den Kopf oder auf die Schultern. Die an der Küchendecke hängenden Fleischbrocken wurden Woche für Woche dunkler, trockneten langsam aus und schrumpften zusammen. Erst nachdem kein Tropfen mehr abfiel, konnte der Speck im kühlen Hausgang »abgelüftet« werden. Eine Woche später war er bereit zum Verzehr. Jedes Jahr war es ein spannender und freudiger Anlass, wenn der Vater die erste Speckseite anschnitt. Alle bekamen ein kleines Stück, und jedes Jahr sagten alle, wie gut der Speck gelungen sei. Mit diesen wertvollen und kraftbringenden Lebensmitteln musste man sehr sparsam umgehen, denn der Speck, die Groiggen und das Schweineschmalz von diesem einen Schwein waren die Jahresration für die Familie und alle Bediensteten.

Nicht nur für die Kinder brachte der Advent die schönsten Wochen des Jahres. Auch die Bäuerinnen hatten Zeit für sich und besuchten sich gegenseitig. Nur die Hohenhauserbäuerin Maria ging nirgendwo hin. Die Hintertuxer mochten sie nicht, weil sie eine reiche Bauern- und Wirtstochter aus Schmirn war, die eine gute Mitgift »über das Joch« mitgebracht hatte, welche sich die Hintertuxer für ihre scheidenden Töchter nicht hätten leisten können. Zur Hochzeit bekam sie einen reich verzierten Schrank und eine große, mit Bettwäsche und wertvollen Stoffen angefüllte Truhe. Die Bäuerinnen im Dorf sagten, sie sei etwas »Gescheiteres und Besseres«. Aber sie kannte sich gut in der Heilkunde aus und brachte Rezepte zur Herstellung von Salben und Grippemitteln aus dem Schmirntal mit, die man in Hintertux noch nicht kannte.

Der Höhepunkt des Jahres war natürlich der Heilige Abend. Um halb fünf Uhr morgens versorgten der Vater und der Knecht noch die Kühe, Ziegen und Schafe, bevor sie sich mit den fünf ältesten Kindern auf den weiten Weg zur Frühmesse aufmachten. Die Mutter blieb zu Hause bei den kleineren Kindern und bereitete das Mittagessen vor. Da dieser Tag ein Fasttag war, durfte bis nach dem Kirchgang nichts gegessen und getrunken werden. Die Kinder liefen voraus, hinunter ins Dorf. Die Hintertuxer Bauern

Der Schrank der »Schmirnerin« Maria Jenewein steht im Alpenbadhotel Hohenhaus.

und deren Kinder warteten bereits auf die Hohenhauser. Den zweistündigen Weg zur Lanersbacher Kirche ging man lieber gemeinsam.

Der sonst so verschlossene und wortkarge Hohenhauserbauer hatte viel zu erzählen. In seiner Funktion als Fraktionsvorsteher hatte er die Aufgaben eines Bürgermeisters zu erfüllen. Das abgelegene Hintertux gehörte zur Gemeinde Schmirn, dem Bezirk Innsbruck Land und der Gerichtsbarkeit Steinach am Brenner.

Alois war das Bindeglied zwischen den Hintertuxern und der weit entfernten, hinter dem Tuxer Joch gelegenen Gemeindeführung, auch zur Tuxer Kirche. Oft musste er den weiten Weg über das Joch auf sich nehmen, um für die Hintertuxer Bauern Fürsprache zu halten.

Am Kirchplatz in Lanersbach angekommen, begrüßten die Leute einander, es bildeten sich kleine und größere Gruppen. Männer standen mit Männern und Frauen mit Frauen beisammen, lachten und unterhielten sich. Alle freuten sich über das Wiedersehen mit Verwandten oder Bekannten und den interessanten Erfahrungsaustausch. Die Knechte versuchten mit netten Gesten und Sprüchen auf sich aufmerksam zu machen und mit den Mägden und Bauerntöchtern ins Gespräch zu kommen.

Das sahen die Väter gar nicht gerne. Sie hatten Angst, dass sich ihre Töchter auf ein Abenteuer einlassen und ledige Kinder zur Welt kommen könnten.

Beim Anblick des bunten Treibens erinnerte sich der Hohenhauserbauer an seine Kindheit. Er wurde als lediges Kind einer Hohenhausertochter geboren. Seine Mutter Maria Lucia durfte aufgrund des am Hohenhauserhof lastenden

Rechtes der »Heimatzuflucht« mit ihm am Hof bleiben. Allzu gut konnte sich Alois erinnern, wie schlecht man über seine Mutter und ihn gesprochen hatte. Er war großer Ablehnung ausgesetzt und wurde oft als »Lediger« beschimpft, der nicht einmal seinen eigenen Vater kennt.

Die ledig Geborenen mussten beweisen, dass sie nicht schlechter waren als die Ehelichen. Alois trug diese Bürde, seit er denken konnte. Von Kind an arbeitete er mehr als alle anderen in seinem Alter.

Der damalige Hohenhauserbauer war sein kinderlos gebliebener Onkel Franz. Er erkannte, dass sein Neffe gescheiter war als alle seine Altersgenossen, und dessen unentwegter Fleiß beeindruckte ihn dermaßen, dass er Alois bereits in Jugendjahren zum Knecht beförderte. Einige Jahre später übertrug er ihm den Hohenhauserhof – ausgerechnet ihm, dem ledig Geborenen! Als Bauer konnte Alois eine Familie gründen, als Knecht wäre ihm eine Heirat untersagt gewesen, weil es in dieser Gesellschaftsschicht ausgeschlossen war, eine Familie zu ernähren oder ein eigenes Haus zu besitzen. Vielleicht waren seine harten Kinder- und Jugendjahre der Grund, warum er so verschlossen und hart zu sich selbst war.

Das weihnachtliche Unglück

An diesem Weihnachtstag war es kalt, der Wind blies den Schnee von den Dächern, dicht drängten sich die Leute in die Kirche. Wie es der Brauch war, nahmen die Frauen und Mädchen die linken, die Männer und Buben die rechten Bankreihen ein. Die Kirche füllte sich, selbst der Gang zwischen den Bankreihen war mit Menschen verstellt. Moidl saß mit ihrer Schwester Susanna in einer der hinteren Reihen, dicht beieinander mit den Hintertuxer Frauen und Mädchen. Die Kirchentüren waren fest verschlossen, der Pfarrer nicht sparsam mit dem Weihrauch. Die Luft wurde zunehmend stickig.

Einigen Leuten wurde schlecht, auch Susanna ging es nicht gut. Sie war dreizehn Jahre alt und im letzten Jahr stark gewachsen. Moidl und zwei Hintertuxer Mädchen standen auf und öffneten ihr den Weg aus der Bank.

Susanna kehrte während der Heiligen Messe nicht mehr zurück in die Kirche, weshalb sich Moidl nach dem letzten Segen schnell ins Freie drängte, um nach ihrer Schwester zu sehen. Nach einigen Minuten der Suche fand sie Susanna auf dem Friedhof im kalten Schnee liegen. Sie hatte das Bewusstsein verloren und war blau angelaufen.

Einige Kirchgänger eilten herbei, um zu helfen. Auch der sonst so hartgesottene Hohenhauserbauer kam schnellen Schrittes zum Friedhof und erschrak, als er seine älteste Tochter leblos am Boden liegen sah. Er hob sie auf, hielt Susanna im Arm und versuchte sie zu wärmen.

Der Hohenhauserhof im Winter

Auch der Pfarrer hatte mitbekommen, dass etwas passiert war. Er eilte zum Friedhof, wo sich viele Leute um die Hohenhauser versammelten. Mit lauter Stimme rief er: »Hohenhauser, bring sie schnell ins Widum, dort ist eingeheizt!«

Alois trug Susanna in die warme Stube des Pfarrers.

»Leg sie auf den Strohsack vor den Ofen, ich hole eine Decke«, sagte der Pfarrer und rief nach der Pfarrerköchin.

Moidl saß betroffen neben ihrer Schwester und weinte leise vor sich hin: »Susanna, was ist mir dir? Wach doch auf, Susanna, wach doch endlich auf.« Ihre jüngeren Geschwister verstanden offensichtlich nicht so recht, was passiert war.

Alois war verwirrt, viele Gedanken gingen ihm durch den Kopf. Er hatte vor vier Jahren mit angesehen, wie sein kleiner Sohn Alois wenige Tag nach seiner Geburt diese Welt wieder verlassen musste. Würde nun auch Susanna vor seinen Augen sterben? Seine Erstgeborene, die immer gut gelaunt war, hart anpacken konnte und mit der die Mutter so viel Freude hatte?

Er wandte sich an den Pfarrer: »Herr Pfarrer, sagt mir bitte, werde ich vom Herrgott bestraft, weil ich ledig geboren bin? Ich habe doch nichts Unrechtes getan?«

Alois bekam keine Antwort, stattdessen begann der Pfarrer den Rosenkranz zu beten. Der Vater und seine Kinder knieten nieder und beteten mit.

Und plötzlich, nach ein paar Minuten, hustete Susanna und öffnete die Augen. Die blauen Lippen färbten sich in ein blasses Weiß.

»Herr Pfarrer, ein Wunder ist geschehen!« rief Moidl mit Tränen in den Augen.

Und auch der Vater konnte sein Glück kaum fassen: »Ich bin so froh, dass du wieder wach bist, mein Kind«, flüsterte er Susanna ins Ohr.

Der Pfarrer bekreuzigte sich mehrmals, schaute zum Himmel und murmelte ein paar lateinische Sätze. Danach sprach er voller Stolz mit hoch erhobenem Haupt: »Ja, ein Wunder ist geschehen. Dem Herrgott sei Dank, er hat sie ins Leben zurückgeholt.«

Noch einmal schlug der Pfarrer ein großes Kreuz in den Raum und bekreuzigte die Stirn von Susanna.

Kaum hörbar meldete sich plötzlich Susanna: »Wo bin ich?«

Der Vater strich ihr mit seiner großen, rauen Hand über ihre feuchten Haare: »Es wird schon wieder, Susanna, es wird schon wieder. Gleich gehen wir nach Hause«.

Sie war blass und konnte nicht aufstehen.

»Es geht ihr schon besser, wir haben noch einen langen Weg vor uns«, rief der Vater seinen Kindern und dem Pfarrer zu und forderte sie auf, ihre Mäntel anzuziehen. Die Kinder bedankten und verabschiedeten sich. Alois wickelte Susanna in eine Decke und trug sie ins Freie. Der Schneesturm war stärker geworden. Alois drückte Susanna fest an sich und stapfte mit schnellen Schritten durch den Schnee.

Außer Atem und mit Verspätung kam er mit seinen Kindern am Hohenhauserhof an. Die

Mutter war sichtlich erregt, als ihr Mann die älteste Tochter ins Haus trug. Susanna war kreidebleich, ausgekühlt und hustete pausenlos. Alois bettete sie auf die warme Ofenbank und erzählte seiner Frau, was passiert war.

Die Mutter legte ihre Hand auf Susannas Stirn. »Susanna, hörst du mich? – Sie hat hohes Fieber«, stellte sie fest und befahl dann: »Moidl, bring heiße Essigwickel und das Gofrachwasser.«

Dieses Hausmittel war eine klare Flüssigkeit und roch streng nach Knoblauch und Löwenzahnwurzel. Es schmeckte so fürchterlich, dass sich die Kinder beim Gurgeln manchmal übergeben mussten. Auch Susanna hätte fast erbrochen und hustete die Medizin in weitem Bogen wieder aus.

Die Kinder hatten Hunger, den ganzen Tag hatten sie nichts gegessen. Alle freuten sich auf das Milchmus, für das die Bäuerin nur am Weihnachtstag Honig in die Pfannenmitte gab. Die ganze Familie und die Bediensteten saßen am Küchentisch und löffelten aus der großen Eisenpfanne.

An diesem Heiligen Abend war es still, die Stimmung war gedrückt. Kein ausgelassenes Gespräch mit den Bediensteten, kein aufgeregtes oder lachendes Kind. Alle starrten zu Susanna, die hustete und dann wieder einschlief.

»Wird Susanna wieder gesund?«, fragte Moidl besorgt.

»Sie wird schon wieder«, beruhigte die Mutter und nickte.

Doch Susannas Anblick erinnerte auch sie an den Tod des kleinen Alois. ›Ausgerechnet der Alois ist gestorben‹, dachte sie. ›Der Sohn, der auf den Namen seines Vaters getauft wurde. Wird auch unsere älteste Tochter Susanna sterben? Warum trifft es gerade uns so hart? Hat uns gar der Herrgott verlassen?‹

Es dämmerte, und wie es der Brauch war, wurden am Weihnachtstag das Haus und der Heimstall gesegnet. Mit Weihrauch und Weihwasser ging man durch das Haus, in jeden Raum. Dieses Ritual sollte von Menschen, Tieren und Gebäuden Unglück abhalten. Das Weihwasser trug immer das älteste Kind. Weil Susanna krank war, durfte Moidl diese Aufgabe übernehmen. Der Vater schritt laut betend voraus und schwenkte die rauchende Pfanne hin und her, damit sich der Weihrauch bis ins letzte Eck verteilen konnte. Die Mutter war in der Küche geblieben und bereitete das Abendessen vor.

Der wohlriechende Weihrauch weckte die Erinnerungen an den Kirchgang und die Geschehnisse des Tages. Moidl war bedrückt und in Gedanken bei Susanna. Sie betete monoton dem Vater nach und sprengte mit dem Weihwasser in alle Richtungen.

Nachdem das Haus und der Heimstall gesegnet waren, warteten Kinder und Erwachsene in der Küche auf das Christkind, das, wie man sagte, unsichtbar und lautlos die Geschenke unter den Christbaum legte. Das ganze Haus roch nach Weihrauch, Zelten und den frisch gebackenen Keksen.

Endlich klingelte es. Alle beteten noch schnell ein Vaterunser, bevor die Kinder in die gut beheizte Stube stürmten. Der Christbaum stand im Eck und war mit Äpfeln und kleinen Leckereien geschmückt. Die Geschenke waren in Zeitungspapier eingewickelt, auf jedem Paket stand ein Name.

Was würde das Christkind wohl dieses Jahr bringen? Vielleicht etwas anderes als im letzten?

Die größeren Kinder und alle Erwachsenen bekamen jedes Jahr ein Paar Lodendoggl. Das waren hohe, mit Litzen versehene Schuhe, in die kein Schnee hineinfallen konnte. Nach einem Jahr waren sie verschlissen und löchrig, sodass das Christkind neue bringen musste.

Die Buben freuten sich über gestrickte Handschuhe mit wunderschönen Mustern drauf, die siebenjährige Gertraud über eine aus Stofffetzen zusammengenähte Puppe, Theresia, Moidl und Susanna bekamen ein Kopftuch aus feiner Wolle, der älteste Sohn Josef einen Lodenhut.

Susanna lag immer noch in der Stube auf der Ofenbank, direkt neben dem Christbaum. Freudestrahlend reichte ihr Moidl die Geschenke:

»Schau, Susanna, was dir das Christkind gebracht hat. Doggl und ein wunderschönes Kopftuch.«

Susanna hustete und schlief wortlos ohne aufzuschauen wieder ein.

Moidl wandte sich traurig von ihrer großen Schwester ab und bekam nasse Augen. »Mutter, wann wird sie wieder gesund sein?«

Die Hohenhauserbäuerin versuchte sie zu trösten: »Ich weiß es nicht, mein Kind, es wird schon wieder werden.«

Nach der Bescherung gab es noch Krapfen und Nudelsuppe. Das war ein Festtagsschmaus, denn Nudeln gab es so gut wie nie.

Wieder verweigerte Susanna das rare Essen. Die vielen Essigwickel und das Gofrachwasser schienen nicht zu wirken.

Am späten Abend durften die Kinder noch mit ihrem Vater zur Christmette in die Hintertuxer Kapelle. So lange durften sie nur an diesem besonderen Tag aufbleiben. Die Mutter ging nicht mit, sie blieb lieber bei Susanna.

Mit dem Jahreswechsel kehrte wieder der Alltag ein. Um halb fünf Uhr aufstehen, Kühe und Ziegen melken, ausmisten, der lange Schulweg nach Lanersbach und wieder zurück, Hausaufgaben machen, der Mutter beim Kochen und im Haushalt helfen, Abendessen und ins Bett.

Susanna schien sich langsam zu erholen. Doch sie konnte nicht aufstehen, da ihre Beine ihr nicht mehr gehorchen wollten. Lange hofften die Hohenhauser, dass sich auch das wieder geben würde und sie irgendwann gehen und arbeiten könnte. Doch diese Hoffnung schwand von Monat zu Monat, Susannas Beine blieben gelähmt. Überall musste sie hingetragen werden. Schon der Gang auf das Plumpsklo am Balkon war eine Tortur für sie und für denjenigen, der sie über die schmale Treppe hinauftragen musste.

Alle halfen ihr, wo sie nur konnten. Auch ihr Vater, der sonst so ernste Hohenhauserbauer, lächelte immer, wenn er Susanna sah. Er baute einen Rollstuhl und kaufte eine Nähmaschine mit Handkurbel, damit sie eine Aufgabe und etwas Freude hatte.

Im Laufe der Zeit entwickelte der Vater ein immer innigeres Verhältnis zu seiner ältesten Tochter. Bei jedem Zusammentreffen kamen ihm fast die Tränen. Er machte sich Vorwürfe, dass er an jenem Heiligen Abend nicht darauf geachtet hatte, dass sie aus der Kirche gegangen war, und er erst nach der heiligen Messe Nachschau gehalten hatte, warum sie nicht zurückkam. Und das an einem so bitterkalten Tag! Alois fühlte sich verantwortlich für das Unglück, er konnte sich nicht damit abfinden, dass seine älteste Tochter, seine Lieblingstochter, nicht mehr gehen konnte.

Das uneheliche Kind

Die Arbeiten im Jahresablauf blieben immer gleich wie die Berge. Nur die Menschen wurden älter, die ganz Alten starben. Die neugeborenen Kinder füllten die Lücken wieder auf, mehr noch, die Dorfgemeinschaft vermehrte sich stetig.

Auch im Hohenhaus kam noch ein »Nachzügler«. Zur Überraschung aller gebar die Bäuerin 1876 im gesetzten Alter von 43 Jahren einen Sohn. Urplötzlich war er da, der kleine Georg, von allen Jörg genannt. Die Überraschung im Dorf und selbst bei seinen acht Geschwistern war riesengroß. Niemand hatte die Schwangerschaft bemerkt, zumal die Hohenhauserbäuerin sehr zurückgezogen lebte und kaum außer Haus ging. Und wer sie sah, dachte, sie lege vielleicht aufgrund ihres Alters an Gewicht zu. Lediglich ihr Mann hatte Bescheid gewusst.

Die Mädchen rissen sich um den kleinen Jörg, jede wollte ihn füttern oder im Arm halten.

Doch das Glück währte nicht lange. Nach einigen Monaten ahnte die Mutter, dass mit Jörg etwas nicht stimmte. Er bewegte sich kaum, schreien oder weinen hörte man ihn nie. Nach einem Jahr konnte er kein Wort sprechen, blieb teilnahmslos und abwesend.

Das war eine bittere Erkenntnis, zumal vor dem Hintergrund, dass sich Susannas Zustand nicht verbesserte. Nach wie vor war sie auf den Rollstuhl und die Fürsorge von Eltern und Geschwistern angewiesen. Allmählich wurde allen bewusst, dass am Hohenhauserhof gleich zwei Geschwister ihr Leben lang kaum in der Lage wären zu arbeiten und die Hilfe der ganzen Familie benötigten.

Moidl reifte zu einem hübschen Mädchen, die jungen Burschen begehrten sie. Doch sie lehnte jede Annäherung ab, weil sie sich nicht traute, mit einem fremden Mann allein zu sein. Beinahe vor jedem Kirchgang warnte der strenge Vater seine Töchter: »Nehmt euch in Acht vor den jungen Burschen!«

Diese Ermahnungen jedoch fruchteten bei der jüngeren Schwester Theresia wenig. Lange konnte sie es geheim halten, dass sie sich mit dem feschen Schustersohn traf, der am Nachbarhof als Knecht arbeitete. Doch dann, 1882, war die Veränderung nicht mehr zu übersehen, die mit dem Mädchen vor sich ging. Es ließ sich nicht mehr verleugnen: Sie war schwanger.

Der Vater war außer sich: »Ich war selber ein Lediger. Alle haben mich und meine Mutter verspottet und ausgelacht. Theresia, ich hatte dich gewarnt, nun werden du und dein lediges Kind das Gleiche mitmachen müssen, wie ich es ein Vierteljahrhundert erdulden musste!«

Lautstark untersagte er Theresia jeglichen Kontakt mit dem Kindsvater. Seine anderen Töchter warnte er vor ähnlichen Ausrutschern und drohte, sie andernfalls vom Hof zu jagen.

Ein paar Wochen später gebar Theresia eine Tochter. Moidl hatte große Freude mit der kleinen Anna. Wie sehr wünschte sie sich eigene Kinder und einen gutmütigen Mann!

Das Kind war von Geburt an klein und kränklich, es konnte nur wenig aufnehmen und wurde immer schwächer. Die ganze Familie litt mit Theresia. Besonders Moidl war zu dieser Zeit sehr mit ihrer Schwester verbunden. Nacht für Nacht wechselten sie sich ab, um Anna zu umsorgen und sie zu füttern, sobald sie aufwachte.

Doch all die Bemühungen sollten erfolglos bleiben. Eines Morgens lag die Kleine tot in der alten Wiege, in der schon so viele Generationen Hohenhauser ihr erstes Lebensjahr verbracht hatten. Der ganzen Familie und selbst dem hartgesottenen Hohenhauser ging ihr Ableben sehr nahe.

Nach Annas Tod traf sich Theresia wieder mit dem Schustersohn, und bald geschah das Unfassbare: Zum zweiten Mal wurde sie schwanger.

Moidl blieb das, was jetzt geschah, zeitlebens in lebhafter Erinnerung.

Theresia war völlig aufgelöst, als sie der Schwester mitteilte, wie es um sie stand. Besondere Angst hatte sie vor dem Augenblick, in dem es auch der Vater erfahren musste. »Ich weiß es, dieses Mal wird er völlig ausrasten und mich wirklich vom Hof jagen«, meinte sie kleinlaut.

So ging sie zuerst zur Mutter, die den Vater vielleicht ein wenig beruhigen könnte. Diese reagierte zunächst aufgebracht, zeigte aber dann doch Verständnis. Gemeinsam setzten sie sich zum Vater an den großen Küchentisch. Moidl stand gerade am Herd und kochte.

Mit tief gesenktem Kopf erklärte Theresia ihre Schwangerschaft in wenigen Worten.

Der Vater schien gefasst. Vielleicht hatte er auch mitbekommen, dass sich Theresia nach wie vor heimlich mit dem Kindsvater der verstorbenen Anna traf?

Moidl setzte sich neben Theresia, beide zitterten vor Angst und rückten näher zusammen, bevor der Vater mit seiner Maßregelung begann:

»Ich hatte dir gesagt, du darfst dich nicht mehr mit ihm treffen! Trotzdem hast du dich wieder mit diesem gottvermaledeiten Habenichts eingelassen.«

Der Vater konnte es nicht fassen, dass ausgerechnet seine Tochter Theresia nicht auf ihn gehört hatte, auf den strengen Vater, der über alles und jeden am Hof bestimmte. Wutentbrannt verließ er die Küche und kam erst am nächsten Morgen zurück. Tief in seiner Ehre verletzt war der stolze Hohenhauser. Bald wäre er dem Gespött der ganzen Gemeinde ausgesetzt – auch deshalb, weil er als langjähriger Fraktionsvorsteher unter anderem für die kirchlichen Angelegenheiten der Hintertuxer zuständig war und den Bauern des Ortes oftmals gepredigt hatte, sie hätten auf ihre Töchter aufzupassen.

Und nun passierte ausgerechnet ihm, dem tiefgläubigen Wächter von Moral und Sitte, etwas Derartiges bei seiner eigenen Tochter, und das bereits zum zweiten Mal.

Ein paar Wochen später brachte Theresia einen gesunden Sohn zur Welt. Sie wollte ihm einen Namen geben, der nach dem Geschmack ihres Vaters war – das würde es vielleicht erleichtern, dass dieser den Kleinen trotz allem doch noch in sein Herz schloss.

Damit gab es eigentlich nur zwei Möglichkeiten: Alois, nach dem Vater, oder Franz, nach ihrem verstorbenen Großonkel, von dem der Vater den Hohenhauserhof übernehmen hatte können.

Oftmals hatte der Hohenhauserbauer seinen Kindern über Onkel Franz erzählt. Dieser hatte ihn nie spüren lassen, dass er ledig geboren war.

Franz war verheiratet, hatte aber keine Kinder. Er hätte den Hof an seinen Bruder vererben können, zog es aber vor, den Hohenhauserhof seinem Neffen Alois zu überschreiben. So gut wie nie war es im Tal vorgekommen, dass ein Lediger einen Bauernhof übernehmen konnte.

Hätte Franz den Hof an seinen Bruder vererbt, wären sie und ihre Geschwister gar nicht auf der Welt, dachte Theresia. Ihr Vater hätte Knecht bleiben müssen, damit wäre es ihm versagt geblieben, eine Familie zu gründen. So entschied sie sich für den Namen Franz, weil es ohne das Wohlwollen des Großonkels ihren kleinen Sohn gar nicht gäbe.

Der Vater gewöhnte sich schnell an das neue Familienmitglied. Gerne schaute er in die alte Wiege der Hohenhauser, in der er einst selbst gelegen war. Sie stand dort, wo sie schon immer stand, auf dem Boden zwischen Esstisch und dem offenen Feuer der Rauchküche. Der kleine Franz brachte eine freudige Stimmung ins Haus, die den Vater seinen Verdruss vergessen ließ.

Der Hohenhauser betonte immer wieder: »Das Kind kann nichts für seine Mutter, wir müssen ihn durchbringen und gut erziehen, so wie es der Onkel Franz mit mir getan hat.«

Aus eigener Erfahrung wusste er ganz genau, was auf Mutter und Kind zukommen würde. Seine eigene Mutter Maria Lucia hatte sich mit einem Kleinhäusler aus Madseit eingelassen. Zeit ihres Lebens wurde sie nicht mehr froh, litt unter der Ausgrenzung und verstarb schon mit 44 Jahren. Oft erzählte der Hohenhauser seinen Töchtern die alte Geschichte.

»Als ledig Geborener hatte ich es nicht leicht. Von Kindesbeinen an musste ich hart arbeiten. Dabei hatte ich das Glück, dass meine Mutter mit mir am Hof bleiben durfte, wenn wir auch nur geduldet wurden. Erst als ich vom Onkel den Hof übernehmen konnte, respektierten mich die Hintertuxer, und ich hatte meine Ruhe.«

Nicht so gerne erzählte er über seinen Vater Georg Muigg, den Nocker aus Madseit, den er zeit seines Lebens nie gesehen hatte: »Er war ein Knecht und Tierheiler. Nach meiner Geburt zog er nach Schwendau zum Ratschen-Gut. Dort gründete er eine Familie. Sein Sohn, mein Halbbruder, kaufte den Neuhaushof und wurde sogar Bürgermeister in Mayrhofen.«

Nach der Geburt von Franz hatte der Hohenhauser alle seine Töchter eindringlich vor neuerlichen Verfehlungen gewarnt: »Die Nächste, die ein lediges Kind bekommt, jage ich vom Hof! Da lasse ich das Heimatzufluchtsrecht nicht mehr gelten!«

Das Heimatzufluchtsrecht regelte den Verbleib von ledig gebliebenen Geschwistern auf einem Hof. Es erlaubte ihnen, bis zu ihrem

Lebensende am Hof zu bleiben. Dabei mussten sie jedoch die gleiche Arbeit leisten wie die Knechte und Mägde. Alois war sich nicht sicher, ob dieses Recht auch für ledige Kinder galt.

Moidl, die in einer Großfamilie aufgewachsen war, wünschte sich nichts mehr als eine eigene Familie mit vielen Kindern. Sie war im heiratsfähigen Alter. Aber da ihr Vater mehrmals betont hatte, dass er kein weiteres lediges Kind am Hof dulden würde, war sie überaus vorsichtig. Sie mied jeglichen näheren Kontakt mit den oftmals aufdringlichen Knechten und Bauernsöhnen. Sie wusste: Ausschließlich Hofbesitzer oder zukünftige Hoferben durften heiraten. Nur sie konnten Unterkunft und Wohlergehen einer Familie sicherstellen.

Die meisten Bauern, die Moidl gefielen, waren schon verheiratet. Nur beim Willeiter zu Hintertux wäre noch ein möglicher Kandidat gewesen. Alle nannten ihn »Krainer«. Woher dieser Name stammte, wusste niemand. Er war fleißig, fesch wie alle Willeiter und sogar an Moidl interessiert. Doch am Willeiterhof lebten noch zwei ledige Schwestern. Als junge, angeheiratete Bäuerin hätte sie sich dort kaum durchsetzen können. So nahm sie auch vom Krainer Abstand.

Oftmals kamen junge Männer zum Hof, um mit den Hohenhauserschwestern anzubandeln. Manchmal waren es Freunde ihres Bruders

Sepp – Wilderer, die bei den ledigen Mädchen sehr begehrt waren, weil sie sich unerschrocken gegen die Obrigkeit auflehnten. Auch Sepp selbst wilderte seit Jahren. Er war besessen davon, was seinem Vater zunehmend Sorge bereitete.

Die vier Schwestern aber träumten davon, dass eines Tages ein junger Hofbesitzer auf sie zukäme und der Wunsch nach einer eigenen Familie in Erfüllung ginge. Doch alle Burschen schauten weg, sobald Susanna in ihrem Rollstuhl auftauchte. Moidl tat ihre gehbehinderte Schwester deswegen unendlich leid. Sie merkte aber auch, dass bei manchen jungen Burschen das Interesse an den Hohenhauser Töchtern auch deshalb schwand, weil mit Susanna und Georg gleich zwei nicht arbeitsfähige, pflegebedürftige Geschwister am Hof waren.

Neben Susanna war der Jüngste, der etwas zurückgebliebene Jörg, das Sorgenkind der Familie. Er konnte nicht mit den anderen Dorfkindern mithalten, war geistig eingeschränkt und immer noch auf dem Stand eines Kleinkinds. Wenige Wochen nach Schulbeginn war er vom Unterricht ausgeschlossen worden. Auch arbeiten konnte er kaum, lieber erkundete er alles rund um Haus und Hof.

Als Jörg acht Jahre alt war, stieg er einmal über eine angelehnte Leiter auf das Stalldach hinauf.

Niemand bemerkte es. Es war noch früh, die Schindeln vom Morgentau nass und glitschig. Georg rutschte aus und fiel mit dem Kopf voraus auf den mit Steinen gepflasterten Boden.

Die Mutter fand den benommenen Buben, brachte ihn ins Haus und bandagierte seine Verletzung.

Vor dem »Nen-Laden«. Georg »Jörg« (Bub mit Hut) steht hinten auf der Bank.

Seit diesem Unfall hing sein Kopf schräg nach vorne. Eine Hand und ein Bein funktionierten nicht mehr richtig, und sein Geisteszustand verschlechterte sich weiter. Er sprach noch undeutlicher, das laut schlürfend eingenommene Essen lief ihm über den Mundwinkel wieder heraus. Seit dieser Zeit konnte jeder von Weitem sehen, dass mit ihm etwas nicht in Ordnung war. Jeder

Fremde fragte, was mit ihm passiert sei. Die Einheimischen lachten ihn aus, »den Hohenhaus-Lappen mit dem schiefen Kopf«. Moidl wusste, dass Georg sein Leben lang ein Kind bleiben würde und auf ihre Hilfe angewiesen wäre.

Alois sah man an, wie zusammengeschunden er war. Immer öfter musste er sich hinsetzen und rasten. Beim Düngen, der letzten Arbeit vor dem Wintereinbruch, konnte er den Mistkorb nicht mehr tragen. Moidl musste mitansehen, wie ihr Vater, der einst so starke Hohenhauserbauer, vergeblich versuchte, einen nur halb voll beladenen Mistkorb anzuheben. So sehr er sich auch bemühte, er schaffte es nicht. Früher hatte er bei Feld- und Waldarbeiten die schwersten Lasten getragen. Diese ständige Überanstrengung hatte jedoch Folgen. Mit seinen 66 Jahren war er körperlich am Ende. Seine Wirbelsäule krümmte sich immer weiter, die Knie und Hüften schmerzten ihn bei jedem Schritt. Zudem plagten ihn Bauchkrämpfe, die sich nur noch mit den alten Schmirner Heilmitteln etwas lindern ließen.

Beim Anblick ihres leidgeplagten Vaters kam Moidl das Elend. Sie versteckte sich hinter dem Stall, damit niemand ihren Kummer mitbekam.

Mit dem Wintereinbruch kehrte Ruhe ein. Dem Vater tat es gut, er konnte sich von den Strapazen der letzten Feldarbeiten erholen und seine Gelenke schonen. Doch bald darauf kursierte eine schwere Grippe im Ort, und ausgerechnet den geschwächten Vater hatte sie besonders schlimm erwischt. Wochenlang lag er im Bett, konnte kaum noch aufstehen. Er war abgemagert und mochte nur noch wenig essen. Die Mutter teilte die Sorgen ihres Mannes, der ihr immer öfter sein Leid klagte:

»Wie soll das weitergehen, wenn ich nicht mehr aufkomme? Wem soll ich den Hof übergeben? Der Sepp ist nicht gescheit genug, und das Wildern kann er auch nicht lassen. Der Franz hätte das Zeug dazu, er ist fleißig, war der Beste in der Schule, aber mit seinen achtzehn Jahren ist er noch zu jung. Und unsere Älteste und der Jüngste, Susanna und Georg … beide sind behindert, müssen versorgt werden und können kaum arbeiten …«

Maria beschwichtigte: »Du wirst schon wieder. In ein paar Wochen ist es aper, und du wirst wieder, wie alle Jahre, am Feld die Scherhaufen ankralen. Die schweren Arbeiten gehen halt nicht mehr. In ein paar Jahren ist Franz alt genug, dann kannst du ihm den Hof übergeben.«

Insgeheim ahnte die Mutter, dass es mit ihrem Mann zu Ende ging. Es tat ihr weh, ansehen zu müssen, wie der noch vor ein paar Jahren so starke und selbstbewusste Mann, der stolze Hohenhauserbauer, der einstige, von allen Hintertuxern geschätzte Fraktionsvorsteher, wie ein Häufchen Elend im Bett lag, abmagerte und große Schmerzen erdulden musste.

Vaters Tod

Tag und Nacht saß Susanna im Rollstuhl neben dem Bett ihres Vaters. Zeit ihres Lebens war sie auf ihn angewiesen und eng mit ihm verbunden. Er hatte sie nach dem weihnachtlichen Unglück im Schneesturm nach Hintertux getragen, später einen Rollstuhl für sie gebaut und die teure Sonderanfertigung einer Nähmaschine gekauft. Immer wenn er sie sah, lächelte der sonst so ernst schauende Mann. Das tat er bei keinem anderen von seinen Kindern. Trotz der vielen Arbeit war er immer für sie da. Nie gab es ein böses Wort.

Die Mutter erschrak, als ihr Mann eines Morgens im April 1886 kaum noch ansprechbar war. Auf sein Handzeichen lehnte sich Maria über ihn. Mit letzter Kraft flüsterte er ihr noch ein paar Sätze ins Ohr. Maria ließ nach dem Pfarrer rufen, der ein paar Stunden später am Hof eintraf und Alois die Letzte Ölung spendete.

Niemand hatte erwartet, dass es mit dem Hohenhauserbauern Alois Wechselberger so schnell zu Ende gehen würde. Die Mutter, all seine neun Kinder und Theresias zweijähriger Sohn Franz reihten sich um das Sterbebett und beteten den Rosenkranz.

Moidl wusste, dass ihr Vater nie mehr mit ihr reden könnte, nie mehr würde er ein Tischgebet sprechen, seine Augen würden für immer geschlossen bleiben. Entspannt und augenscheinlich schmerzfrei lag er im Bett. Im Gebet war sein letzter Atemzug kaum wahrnehmbar. Die Mutter betete weiter, die Töchter weinten leise, die Söhne starrten zum Boden. Mit belegter, kaum hörbarer Stimme bat die Mutter ihre Kinder, das Zimmer zu verlassen und die Türe zu schließen. Sie wollte noch einen Moment allein bei ihrem verstorbenen Mann bleiben, setzte sich zu ihm auf das Bett und begann leise zu weinen:

»Wie soll das am Hof weitergehen, du hattest nicht mehr die Zeit, um die Übergabe zu regeln, und ich bin auch nicht mehr gesund.«

Maria wusste, dass eine normale Erbfolge durch den ältesten Sohn Sepp nicht möglich war. Er wilderte, was das Zeug hielt, und irgendwann würden sie ihn erwischen und einsperren.

Nach der dreitägigen Aufbahrung in der Stube stand Alois die letzte Reise zum Lanersbacher Friedhof bevor. Auf einem mit Kränzen und Blumen geschmückten Wagen zogen die Söhne der Hintertuxer Bauern die Sargkiste mit dem verstorbenen Hohenhauser. Der Trauerzug bewegte sich vorbei an den im Tal liegenden Ortschaften Madseit und Juns, wo sich noch unzählige Menschen anschlossen. Beinahe alle Talbewohner pilgerten zur St.-Thomas-Kirche nach Lanersbach. Auch viele Schmirner waren übers Joch gekommen, um an der Trauerfeier teilzunehmen und dem Hohenhauser die letzte Ehre zu geben.

Christliches Andenken

an den

wohlgeachteten

Alois Wechselberger

Bauer zu Hintertux,

welcher im 66. Jahre seines Alters nach langen, mit Geduld überstandenen Leiden, gestärkt mit allen hl. Sterbsakramenten, am 22. April 1886 sanft und gottergeben im Herrn entschlafen ist.

Er ruhe im Frieden!

Voller Wehmuth, voll von tiefer Trauer,
Stehen nun an deinem Grabe wir,
Liebster Vater, deines Lebens Dauer
Viel zu kurz uns war auf Erden hier.
Segnend schiedest du von diesem Leben,
Hoffend stieg dein Geist zu Gott empor,
Vater, komm uns segnend auch entgegen,
Wenn unser Geist einst von hier verreist.

Die trauernd hinterbliebene Gattin und Kinder.

„Selig sind die Todten, die im Herrn sterben."

O süßes Herz Mariä, sei meine Rettung!

Vereinsbuchdruckerei in Innsbruck.

Die Tuxer und Schmirner sahen Alois als Respektsperson. Kaum ein anderer hatte ein so hohes Ansehen wie er. Als ledig Geborener einen Hof zu übernehmen und Fraktionsvorsteher zu werden, das war bisher noch niemandem gelungen.

Auf dem Friedhof hob der Pfarrer den Hohenhauserbauern Alois Wechselberger förmlich in den Himmel hinauf. Er lobte seine christliche Einstellung und die ausgezeichnete Arbeit als Fraktionsvorsteher, die er über Jahrzehnte geleistet hatte. Es war ein würdiges Begräbnis für einen großen Hintertuxer.

Nun lag es an der Hohenhauserbäuerin, die Hofübergabe zu regeln. Für sie waren die letzten Worte am Sterbebett ihres Mannes wie ein Befehl, seinen Willen galt es auszuführen. Diese wenigen Worte würde sie wohl zeit ihres Lebens nicht vergessen:

»Kümmere dich um Susanna und den Georg, die brauchen dich. Der Sepp taugt nicht viel, lass ihn ziehen.«

Seinem letzten Wunsch entsprechend, übergab sie Haus und Hof an ihren Sohn Franz. Er war gescheiter als sein älterer Bruder Sepp und wollte vom Wildern nichts wissen.

Franz war sich seiner Lebensaufgabe bewusst und nahm sie demütig an. Nie hätte er es sich vorstellen können, in so jungen Jahren Bauer zu werden. Es war ihm peinlich, dass er den Vorzug bekam.

Der Sepp war schwer gekränkt. Er war sich sicher gewesen, dass er als Ältester der nächste Hohenhauserbauer sein würde. Von einem Tag auf den anderen musste er sich seinem jüngeren Bruder unterordnen. Noch viel schlimmer war es für ihn, dass er als einfacher Knecht keine Familie gründen konnte. Schon bei den ersten Feldarbeiten kam es vermehrt zu Auseinandersetzungen zwischen ihm, Franz und seiner Mutter.

»Du und mein eigener Bruder … ihr habt mich betrogen! Ich bin der Älteste und hätte den Hof bekommen müssen«, schimpfte Sepp.

Wie so oft versuchte die Mutter zu schlichten: »Sepp, du weißt ganz genau, warum du den Hof nicht erben konntest. Du hast nur das Wildern im Kopf. Irgendwann werden sie dich erwischen und einsperren.«

Nun richtete sich die Wut des Ältesten gegen Franz: »Du hast mich bei unserer Mutter schlecht gemacht, nur darum hat sie dir den Hof gegeben!«

Franz überlegte angesichts des Vorwurfes einige Augenblicke und antwortete dann ruhig: »Sepp, es tut mir leid für dich, auch ich hätte gedacht, dass du Bauer wirst. Aber nun ist es, wie es ist. Du musst dich damit abfinden. Wir müssen zusammenhalten und miteinander auskommen. Ich werde dir nichts in den Weg legen«.

Zornig schleuderte Sepp die Gabel von sich, direkt neben Franz blieb sie im Boden stecken. Er lief zu Tal und kam erst am nächsten Tag zurück nach Hause.

Sepp konnte sich auch in der Folgezeit nicht mit seiner Lage versöhnen. Immer wieder ließ er den Franz dessen körperliche Unterlegenheit fühlen und schrie ihn lautstark an: »Da schau mal einer an, der große Hohenhauserbauer ist nicht einmal fähig, das Heu vor dem Regen in die Tenne zu bringen. Aber warte nur, Brüderchen, irgendwann werde ich es dir zeigen!«

Franz wich ihm aus und versuchte die immer häufiger werdenden Streitigkeiten aufzulösen, doch ein Auskommen war kaum noch möglich. Sepp entfernte sich immer öfter vom Hof, um nach jagdbarem Wild Ausschau zu halten.

Der Wilderer

Der Sommer 1889 war viel zu trocken, der zweite Grasschnitt fiel fast zur Gänze aus, weil sich Engerlinge zu Tausenden vermehrten. Sie fraßen die Graswurzeln und zerstörten das angebaute Getreide. Wegen der Futternot waren die Bauern gezwungen, einen großen Teil ihres Viehbestandes zu niedrigen Preisen zu verkaufen. Sepp sah die bevorstehende Not, und er hatte den Ehrgeiz, seine Mutter und seine Geschwister mit nahrhaftem Wildfleisch zu versorgen. Die drohenden Strafen, die bei Wilddiebstahl verhängt wurden, schreckten ihn nicht ab. Er war süchtig nach der Wilderei, wollte frisches Fleisch ins Haus bringen und allen zeigen, wie er die Aufsichtsjäger und Gendarmen an der Nase herumführen könne. Im Herbst traf er sich mit einigen Gleichgesinnten, um Pläne für die nächste Wilderertour zu schmieden.

»Wie kann es sein, dass man weder Gämsen noch Rehe schießen darf? Warum gehört das ganze Wild diesem Fürsten von Auersperg, der ohnehin weder Hunger noch Sorgen hat? Nur wegen der Trophäen gehen die hohen Herren auf die Jagd, das Fleisch schenken sie den

Jagdaufsehern und Treibern.« Für Sepp und die jungen Tuxer war das Wildern nicht nur die Beschaffung von Nahrung, sondern auch eine Mutprobe, ein Zeichen der Aufmüpfigkeit gegen die monarchische Obrigkeit. Wer einmal wilderte, musste es immer wieder tun.

Gemeinsam mit dem Jewer-Joseph, dem Batzen-Balthasar und den Nenner-Buam beschloss er ein paar Gämsen zu schießen. Die Wilderer rußten sich ihre Gesichter, damit man sie in der Nacht schlecht sehen und bei einem möglichen Sichtkontakt mit den Aufsichtsjägern nicht erkennen konnte. In einer Vollmondnacht gingen die fünf Burschen durch das Raucheck über das Joch und auf der anderen Talseite hinunter auf die Ginzlinger Seite zum Birglberg. Die Burschen waren sich einig: »Niemandem wird es auffallen, wenn ein paar Tiere fehlen.«

Direkt hinter dem Joch sahen sie eine Herde Gämsen. Es war schwierig, sich den Tieren bis auf Schussweite zu nähern. Man musste auf die Windrichtung achten und Deckung hinter Geländekuppen und Steinen suchen. Leise schlichen sich die Tuxer Wilderer an.

Mit dem ersten Schuss streckte Sepp einen großen Gämsbock nieder. Die Tiere schreckten auf, blieben aber ein paar Hundert Meter entfernt wieder stehen. Der zweite Schuss vom Nenner-Michl und der dritte vom Balthasar trafen ebenso.

Jetzt musste es schnell gehen, die Schüsse waren weit zu hören. Die Tiere mussten ausgenommen und zerlegt werden, damit sie im und auf dem Rucksack transportiert werden konnten. Die Nenner-Buam waren flink und schnitten die Gämsen in transportgerechte Teile. Es blieb keine Zeit, um die Eingeweide unter Steinen zu verstecken. Mit ihrer Beute auf und in den Rucksäcken liefen sie zurück nach Hintertux.

Am nächsten Nachmittag kamen die beiden Ginzlinger Aufsichtsjäger und zwei bewaffnete Gendarmen ins Dorf. Bevor sie beim Hohenhauserhof eintrafen, versteckten die drei Schwestern ihren Bruder samt einer halben Gämse in der Tenne unter einem Heuhaufen. Schnell schöpften sie noch ein paar Gabeln obendrauf.

Die Beamten und Aufsichtsjäger hatten schon vor Wochen erfahren, dass Sepp einige Male bei Wilddiebereien dabei gewesen war. Er war bekannt als einer, der es nicht lassen konnte und der glaubte, man würde ihn nie erwischen.

Kaum waren die Jäger und Gendarmen am Hof, befragten sie alle Hohenhauser. Im Gegensatz zu Moidl und ihren Schwestern wussten die Mutter und Franz nicht, dass der Sepp schon wieder beim Wildern gewesen war. Niemand wollte ihn gesehen haben, den eigenen Sohn, den Bruder, der am Hof lebte? – Die erfahrenen

Gendarmen glaubten ihnen nicht und schauten sich um. Die Aufsichtsjäger waren wütend, sie mussten die Wildererbande endlich finden, die sie viel zu lange an der Nase herumgeführt hatte. Mit ernstem Gesicht ging einer der beiden zu den Schwestern. Nervös zuckte sein Schnurrbart auf und ab. »Ihr könnt es euch aussuchen. Sagt uns, wo er ist, und wir belassen es dabei. Oder wir sperren euch samt eurem Bruder ein, wenn wir ihn hier finden!«

Ängstlich antwortete Moidl: »Wir haben ihn nicht gesehen und wissen von nichts.«

Die Gendarmen nahmen die Schwestern mit in die Tenne, packten eine Heugabel, die beim Tor stand, und stocherten im lose liegenden Heu herum. Die Hohenhausertöchter wussten, dass sie nur noch ein Wunder retten konnte. Immer näher kamen die Beamten dem Heuhaufen, in dem sich Sepp versteckt hielt. Kräftig stach ein Gendarm mehrmals in den Haufen hinein.

»Aua, Kruzifix … hört auf, hört endlich auf«, schrie es da aus dem Heu.

Die beiden Ordnungshüter hechteten unter den Haufen und brachten zuerst den Sepp, dann die halbe Gämse ans Tageslicht. Moidl, Gertraud und Theresia hatten eine Riesenangst vor den zornigen Männern und dem drohenden Gefängnis. Regungslos standen sie da, als die Gendarmen den Sepp festnahmen und ihm die Hände auf den Rücken banden. Der Aufsichtsjäger trat vor die Schwestern und schrie sie an: »Ich habe euch gewarnt! Ihr habt den Wilderer versteckt und werdet dafür büßen. Aber zuerst bringen wir diesen Verbrecher in das nächstgelegene Gefängnis, in den Mayrhofener Gemeindekotter!«

Schon am nächsten Tag verurteilte man Sepp zu vier Wochen schwerem Kerker. Auch seine drei Schwestern mussten wegen Verhehlung vierzehn Tage einsitzen.

Der Gefängnisaufenthalt in den Wintermonaten machte Sepp und seinen Schwestern nichts aus. Die Feldarbeiten, wo jede Hand gebraucht wurde, waren abgeschlossen, und am Hof sparte man sich das Essen.

Sepp saß seine Gefängnisstrafe gemeinsam mit dem Jewer ab. Sie trafen einen zurückgekehrten Auswanderer, der ihnen erzählte, wie reich er in Amerika geworden sei. Gold und Silber gebe es dort genug, man brauche es nur zu suchen. Die Schiffsüberfahrt sei billig, und in Amerika bekomme man Grund und Boden geschenkt. Die beiden waren fasziniert und fest entschlossen, ihr Glück auf dem weit entfernten Kontinent zu suchen. Hinter dem weiten Meer würden die beiden Wilderer reich werden und in einigen Jahren mit viel Gold und Geld nach Hintertux zurückkehren. Dann könnte man sich einen Bauernhof kaufen und Bedienstete für sich arbeiten lassen.

Der amerikanische Traum

Als Sepp 1890 aus dem Gefängnis zurückgekehrt war, suchte er das Gespräch mit seiner Mutter. Sein jüngerer Bruder Simon sah den Sepp als Vorbild, er begleitete ihn zur Bank vor dem Hof, wo die Mutter saß und zum weiß schimmernden Gletscher hinaufsah.

Sepp erzählte ihr vom Gespräch mit dem zurückgekehrten Auswanderer und dass auch der Jewer-Joseph auswandern wolle: »Ich habe gehört, dass man dort Grund und Boden geschenkt bekommt. Rehe und Hirsche kann man so viele schießen, wie man will, ohne dafür eingesperrt zu werden, und mit etwas Glück finde ich Gold und Silber. Wenn ich reich geworden bin, bringe ich viel mehr Geld mit, als mein Erbanteil ausmacht, und gebe es dem Franz zurück, ich verspreche es! Mutter, gib mir das Geld für die Überfahrt.«

Nun meldete sich auch der zwanzigjährige Simon zu Wort: »Mutter, ich will mit dem Sepp gehen, weit weg von hier, in ein besseres Leben. Ich möchte auch einmal Kinder haben. Hier am Hof kann nur der Bauer heiraten, und das ist der Franz.«

Die Mutter wusste, dass sie Sepp nicht von seinem Vorhaben abhalten konnte, und sie wollte es auch nicht. Seine Ziele waren zu gefestigt, zu überzeugt war er von einem besseren Leben im fernen Land.

Aber Simon, warum wollte er mit Sepp die Heimat verlassen? Sie wusste nicht, ob sie traurig oder glücklich sein sollte. Sepp hatte seiner Mutter nie verziehen, dass sie den Hof seinem jüngeren Bruder überschrieben hatte. War es eine Fügung des Schicksals, ein Glücksfall, könnte Sepp sein Wort halten und als reicher Mann zurückkehren?

Um Simon tat es ihr leid, er war ein herzensguter Mensch, den sie sehr vermissen würde. Nie hatte sie damit gerechnet, dass ihn Sepp auf seine Seite ziehen könnte. Wenn nun beide den Hof verließen, würden auch die Arbeitskräfte fehlen. Franz müsste zwei teure Knechte einstellen, was sich der Hof kaum leisten konnte.

Doch sie wusste, dass es besser war, wenn der Sepp ging. Wieder kamen ihr die letzten Worte ihres verstorbenen Mannes in Erinnerung: »Der Sepp taugt nicht viel, lass ihn ziehen.«

Nachdenklich und leise sagte sie zu ihren Söhnen: »Ich weiß nicht, ob es gut oder schlecht ist, was ihr vorhabt, aber für beide kann ich das Geld nicht aufbringen. Simon, bleib doch da, wer soll denn die Arbeit leisten, wenn auch du noch gehst?«

Am nächsten Morgen übergab die Mutter dem Sepp das Geld für die Reise nach Amerika. Simon hatte durch seine Tätigkeit als Lastenträger ein wenig Geld gespart und ließ sich nicht davon abbringen, mit Sepp in die Ferne zu ziehen. Mit ihren wenigen Habseligkeiten am Rücken verabschiedeten sich die beiden fröhlich und gut gelaunt von Mutter und Geschwistern: »Ihr werdet schon sehen, was aus uns wird. Wir kommen mit einem Sack voller Geld zurück. Pfiat enk.«

»Schreibt uns mal«, rief ihnen Moidl nach, »… und kommt bald wieder heim.«

Die Geschwister und die Bediensteten waren froh, dass Sepp ausgezogen und Franz der unangefochtene Herr auf dem Hohenhauserhof geworden war. Sie schätzten seinen Fleiß und seine ruhige und besonnene Art, die ihn trotz seiner jungen Jahre auszeichneten. Im ganzen Ort genoss Franz hohes Ansehen, nicht zuletzt deshalb, weil er besser schreiben und schneller rechnen konnte als alle anderen. Um Simon tat es allen leid, niemand hatte damit gerechnet, dass auch er den Hof verlassen würde.

In Hintertux ging in dieser Zeit eine Veränderung vor sich. Immer mehr wurde der Fremdenverkehr zur einer Einnahmequelle für die Einheimischen.

Schon Moidls Großmutter Maria Lucia hatte wie alle Hintertuxer Bauernfamilien die Betten von Knecht und Dirn an Durchreisende oder Sommerfrischler vermietet. Die Bediensteten waren einstweilen auf der Alm oder schliefen im Heu. Manchmal erinnerte sich Moidl an einen Spruch, den sie oft von ihrem Vater gehört hatte, wenn er nur wenige Löffel aus der Pfanne aß, damit die Kinder mehr bekamen und nicht hungrig zu Bett mussten: »Unseren Kindern soll es einmal besser gehen.«

Der beginnende Fremdenverkehr machte den Hintertuxern Hoffnung. Immer mehr Touristen und Abenteurer suchten das abgelegene Örtlein am Fuße des großen Gletschers auf. Die Sommerfrischler kamen aus dem habsburgischen Kaiserreich, dem Königreich Bayern und dem ganzen Deutschen Reich.

Es hatte sich herumgesprochen, dass es in Hintertux Quellen gab, die im Winter so warm waren, dass der Dampf weithin sichtbar aufstieg. Schon Matthias Burgklechner, der bedeutendste Tiroler Landeshistoriker des 17. Jahrhunderts, erkannte die Bedeutung des »Wildpad in Wildentux«, das folgendermaßen beschrieben wurde: »Das Hintertuxer Heilwasser wirkt bei überflüssigen Fetten, verdorbener, übler Feuchtigkeit und bei krankem Geblüt. Bei Ohrenklingen, trüben Augen, Zittern und Schwindel und verstopfter Leber. Durch das Heilwasser erlangt die unordentliche weibliche Blödigkeit ihre Ordnung.«

Kranke scheuten keine Mühe, sie ließen sich auf Karren von Mayrhofen bis zur warmen Quelle bringen.

Mit den Fremden zog in Hintertux bescheidener Wohlstand ein. Der Badwirt Johann Baptista Kirchler kaufte das Heilbad von dem Zeller Bäckermeister Jakob Platzer, baute den Badgasthof und machte Hintertux als Kurort bekannt. Der Nennerbauer profitierte durch den vermehrten Zuzug und machte gute Geschäfte mit Touristen-Proviant und teuren Postkarten. Die Bauernsöhne verdienten als Bergführer und Träger, die Bauerntöchter fanden Anstellungen im Badgasthof.

Die Kurgäste genossen die kühle Sommerfrische am Fuße des Hintertuxer Gletschers. Jeden Morgen gingen sie zur Trink- und Badekur, danach machten sie ausgedehnte Spaziergänge. Der Weg führte sie vorbei an den fleißigen Bauern, die an den Steilhängen Heu machten. Ein beliebtes Ziel waren die drei Kreuze am Talschluss, die an das große Lawinenunglück von 1405 erinnerten. Weiter führte der Weg zum wild schäumenden Schraubenwasserfall. Der wildromantische Weg schlängelte sich durch einen schier undurchdringlichen Urwald von gebogenen Lärchenstämmen.

Auf einer Lichtung lag das berühmte Kaiserbründl. Tief aus dem Inneren des Berges plätscherte eine eiskalte Quelle in den hellgrünen

Hintertux um 1890, rechts der Nennerhof mit dem »Nen-Laden«, links das gemauerte Gebäude des Badgasthofs Kirchler

Moosboden, wo frische Kresse ihre weiß-gelben Blüten zur Schau stellte. Direkt an der Stelle, wo die Quelle aus dem Berg floss, stand der »Kaiserstuhl«, ein Granitblock in Form eines großen Sessels. Der Legende nach hatte der Kaiser genau hier Rast gemacht und von dem erfrischenden Wasser getrunken, weshalb die Quelle Kaiserbründl genannt wurde. Rundherum lagen meterhohe Granitsteinblöcke.

Die Kurgäste blieben oft über Monate und hatten viel Zeit, um für nachkommende Touristen und Einheimische sichtbare Erinnerungen zu hinterlassen. Sie meißelten ihre Initialen mit Herkunft, Beruf und oftmals das Zeichen der Habsburger in die großen Granitblöcke ein.

Dieser Ort sollte Glück und Segen bringen. Das Kaiserbründl wurde zur Pilgerstätte für die

Anhänger von Kaiser Franz Joseph. Auch Abenteurer und Bergsteiger kamen vermehrt in das kleine Dörflein, um die hohen Dreitausender, wie den Olperer, die Gefrorene-Wand-Spitzen oder den Hohen Riffler zu besteigen. Manche blieben ein paar Tage, um dann in Richtung Süden weiterzuziehen. Diese Leute überquerten das Tuxer Joch oder mithilfe eines einheimischen Bergführers den Riepensattel am Hintertuxer Gletscher.

Für Moidl und ihre Geschwister waren das alles »Narrische«. Viele Einheimische verstanden nicht, was einen dazu bewegen konnte, freiwillig auf die gefährlichen Berge aufzusteigen: »Was wollen die da oben? Herunterschauen können sie, sonst nichts.«

Der touristische Aufschwung brachte Geld in den Ort, hatte aber nicht nur gute Seiten. Wenn man müde von der Feldarbeit nach Hause kam, waren die Touristen da, saßen vor dem Haus auf der Bank oder in der Küche. Überall wurde man beobachtet. Weil die Sommerfrischler die Küche mitbenutzten, hatte man keine Ruhe mehr, ständig saßen fremde Leute am Tisch. Oftmals gab es Reibereien, weil die Gäste zur gleichen Zeit kochen wollten wie die Bäuerin. Die Nachbarn kamen nur noch selten zusammen. Allzu oft saßen sie am Abend mit wildfremden Leuten in der Stube und tranken den von ihnen mitgebrachten Branntwein.

Die Touristen unterhielten sich gerne mit den fremdartig anmutenden Menschen, die im weit abgelegenen Tal hinter dem Joch ihren mühevollen Lebensunterhalt bestritten. Moidl lauschte gespannt, wenn die Touristen die Neuigkeiten aus dem Kaiserreich erzählten, aber auch sie berichtete gerne aus ihrer Welt. Jedem erzählte sie voller Stolz von ihren Brüdern Sepp und Simon: »Beide werden irgendwann mit den Taschen voller Geld nach Hintertux zurückkehren, da bin ich ganz sicher.«

Auch die Geschichte von der traurigen Abreise der Brüder konnte Moidl nicht für sich behalten und erzählte, wie sehr sie sie vermisse und dass beide seither nichts von sich hören hatten lassen. Für Moidl waren »die Fremden«, wie die Touristen im Dorf genannt wurden, eine willkommene Abwechslung in ihrem mühsamen Alltag.

Besonders beliebt bei ihnen war eine alte, über viele Generationen überlieferte Geschichte, die sie oft von ihren Eltern, Verwandten und Nachbarn erzählt bekommen hatte. Nicht nur die Touristen wollten sie hören, auch die Kinder aus dem Dorf kamen oft zu Moidl und baten: »Bitte, Moidl, erzähl uns die Geschichte vom Totengang, bitte erzähle sie uns noch einmal.«

Zumeist ließ sich Moidl nicht lange bitten, versammelte Kinder und Touristen um den Küchentisch und begann zu erzählen.

Die Geschichte vom Totengang

Vor langer Zeit mussten die Hintertuxer ihre Toten in geweihter Erde am Schmirner Friedhof begraben. Der Totengang über das Tuxer Joch war schon im Sommer anstrengend, in der kalten Jahreszeit war er wegen Schnee und Lawinen unmöglich. Für den Fall, dass jemand im Winter starb, zimmerten die Hintertuxer jeden Herbst ein paar Sargkisten, die man im »Totenkasten« beim Nennerhof einlagerte. Für den Nennerbauern war die Regelung recht praktisch, weil er seine Winteräpfel und Klorbirnen (wie man im Zillertal die Dörrbirnen nennt) in den Kisten aufbewahren konnte.

Ein »Kasten« ist ein etwa vier mal vier Meter großes, zweistöckiges Holzgebäude mit offenem Giebeldach. In den beiden Geschossen wurden Gerste, Weizen, Mehl, Speck und andere Lebensmittel aufbewahrt, beim Totenkasten lagerte man die Sargkisten ganz oben, unter dem offenen Giebeldach.

In einer kalten Jännernacht starb der hoch angesehene und im ganzen Dorf beliebte Altbauer vom Pitznerhof. Die Söhne der Nachbarbauern brachten ihn nach zweitägiger Hofaufbahrung zum Totenkasten, wo er unter dem offenen Dach in der winterlichen Kälte tiefgefroren blieb. Daneben standen die baugleichen Kisten, die der Nennerbauer mit Winteräpfeln und Klorbirnen befüllt hatte.

Der »Hohenhaus-Kasten« stand bis 1978 zwischen der Pension Hohenhaus und dem Hohenhaus-Stall. Chefin Wilma Egger wollte den Kasten unbedingt erhalten und ließ ihn wegen Bauarbeiten mit einem Schwerlastkran an seinen heutigen Platz überstellen.

Als der Schnee geschmolzen und die letzten Lawinen abgegangen waren, setzte sich der Totengang in Bewegung. Jeder, der noch gehen konnte, marschierte mit. Nur die Alten blieben zurück. Sie wussten, dass sie die Nächsten wären, die in einer Kiste über das Joch getragen würden. Traurig standen sie vor den Bauernhäusern, beteten mit den Vorbeimarschierenden und schauten dem Trauerzug hinterher.

Trotz der Strapazen betete die ganze Gesellschaft ohne Unterbrechung. Der steile Weg vom Joch hinunter zum Talboden des Schmirntals war eisig und gefährlich. Am Nachmittag kam der Trauerzug beim Steckholzerhof an, wo sich ein steingemauertes Gebäude, die »Totenkammer«, befand, in der der Sarg über Nacht eingestellt wurde. Für die Trauernden gab es Übernachtungsmöglichkeiten in der Heutenne und am Hof.

Mit leerem Magen ging es bei Tagesanbruch weiter durch das lang gezogene Schmirntal bis ins Wipptal zum Hintertuxer Friedhof. Bis nach dem Begräbnis durfte nichts gegessen oder getrunken werden.

Hochgelobt und vom Steinacher Pfarrer mit allen kirchlichen Ehren versehen wurde der Verstorbene an zwei Seilen in seine letzte Ruhestätte hinuntergelassen. Die Trauergäste sprengten mit gesenktem Haupt Weihwasser auf die Sargkiste und bekreuzigten sich. Danach wurde das Grab mit der ausgehobenen Erde verschlossen und das mit Palmzweigen geschmückte Holzkreuz auf den Grabhügel aufgesetzt.

Einige Wochen später wollte der Nennerbauer seine eingelagerten Klorbirnen aus der Kiste holen. Beim Aufstieg zum Dach bemerkte er wieder den beißenden Gestank, der ihm schon seit mehreren Tagen zwischen Haus und Stall in die Nase gestiegen war. Er überlegte, woher der üble Geruch wohl kommen könnte. Vielleicht ein totes Tier, oder …? – Zaghaft und langsam zog er den Deckel der Sargkiste ein wenig nach vorne … Im gleichen Moment hätte ihn beinahe der Schlag getroffen! Binnen weniger Sekunden trieb es ihm den Schweiß auf die Stirn, er zitterte, sein Puls schoss in die Höhe, und er musste sich beherrschen, um nicht ohnmächtig zu werden. Der Nennerbauer war alleine unter dem Dachgiebel des Totenkastens. Lautstark brachte er sein Entsetzen zum Ausdruck.

»Sakradio, Kruzifix, was macht der alte Pitznerbauer in der Kiste, der liegt doch in Steinach unter der Erde!« Der Nenner glaubte einige Augenblicke lang an ein Wunder. Halblaut murmelte er vor sich hin: »Hatte der Pitzner himmlische Kräfte oder ist er gar ein Heiliger? Sein letzter Wille war doch, dass seine Seele in Hintertux bleibt. Und das ist ihm wohl gelungen.«

Doch der beißende Gestank ließ keinen Zweifel offen, was wirklich passiert war: Seine Söhne hatten die Sargkisten vertauscht! Nenners Klorbirnen hatte man unter ständigem Beten über das

Joch getragen, der Altbauer zu Pitzen, samt seiner Seele, lag noch immer im Totenkasten.

Noch in der gleichen Nacht verscharrte der Nenner mit seinen beiden Söhnen die übel riechende Kiste mit dem Pitznerbauern im weichen Hintertuxer Moorboden. Nun konnte dessen Seele in den Himmel aufsteigen, und alles war gut. Niemand sollte jemals von diesem peinlichen Versehen erfahren.

Dem Altbauern zu Nenn ließ dieses Ereignis sein ganzes Leben lang keine Ruhe. Oft grübelte er: ›Meine Klorbirnen kamen in den Himmel, weil sie der Pfarrer in geweihter Erde begraben hat. Hoffentlich sind sie noch da, wenn ich einst dorthin muss. Und auch der letzte Wunsch des Pitznerbauern ist in Erfüllung gegangen. Seine Seele durfte von Hintertux aus zum Himmel aufsteigen.‹

Der gottesfürchtige Nennerbauer nahm sein Geheimnis mit ins Grab. Seine Söhne hingegen konnten es nicht für sich behalten, und so wurde diese Geschichte über viele Jahrhunderte hindurch von Generation zu Generation überliefert.

Moidl konnte jedes Mal herzlich mitlachen, wenn sie diese Geschichte erzählte, und sie freute sich, dass Kinder und Touristen Gefallen daran fanden. Alle stellten sich die Trauergesellschaft vor, die den ganzen Weg von Hintertux bis Mauern für die Klorbirnen gebetet hatte.

Die verhinderte Letzte Salbung

Der Advent stand bevor, zwei- oder dreimal hatte es bereits geschneit. Viel zu spät im Jahr wollten zwei Handwerksburschen noch über das Tuxer Joch und weiter bis zum Brennerpass. Der Badwirt riet den beiden ab:

»Vor einem Monat ist ein Tourist erfroren, der über das Joch wollte. Bleibt lieber da oder geht dorthin zurück, wo ihr hergekommen seid«.

Die Burschen ließen sich aber nicht von ihrem Vorhaben abhalten und gingen am nächsten Morgen vorbei am Schleierwasserfall zum Eingang des Weitentales. Wie befürchtet, stürzte einer der beiden am vereisten und steil abfallenden Weg ab. Sein Kollege lief talwärts, beim Hohenhauserhof machte er Meldung und beschrieb den Ort des Unglücks.

Der Hohenhauserbauer rannte die Gasse hinunter und kam mit zwei Söhnen vom Nennerbauern zurück. Die drei machten sich auf den Weg zur Unfallstelle, wo sie den Verunglückten bergen konnten. Sie setzten ihn auf eine Buckelkraxe und trugen ihn in die eingeheizte Stube. Er war stark unterkühlt, hatte Prellungen, vielleicht waren auch Knochen gebrochen.

Moidl und ihre Schwester Gertraud versorgten ihn und gaben den Fremden zu essen. Dem verletzten Abenteurer ging es zunehmend schlechter, er hustete stark. Moidl gab ihm Gofrachwasser zum Gurgeln. Nach dieser unangenehmen Kur hustete er nur noch selten und leise. Vielleicht befürchtete er, dass er wieder mit dem grauslichen Wasser gurgeln müsste. Ohne Regung lag er vor dem Ofen. Moidl befürchtete, dass er innerliche Verletzungen haben und daran sterben könnte. Sie ließ nach dem Pfarrer rufen, der am späten Abend eintraf.

»Herr Kooperator, grüß dich Gott«, begrüßte ihn Moidl. »Auf der Ofenbank liegt er.«

Bevor der Kooperator seine Arbeit verrichten konnte, musste er den Namen des Burschen aufnehmen und sich vergewissern, ob es bei ihm wirklich schon so weit war. »Wie heißt du und wo kommst du her?«

Der Bursche hustete lautstark, er bekam die Augen kaum auf. »... Oskar-Paul Mosler, aus Preußen«, antwortete er kaum hörbar.

Auf weitere Fragen nach dem Unfallhergang, wo er Schmerzen habe oder ob er die Letzte Salbung wünsche, antwortete er nicht mehr. Jedes Mal, wenn ihn der Kooperator oder Moidl fragten, drehte er den Kopf zur Seite und schloss die Augen. Moidl wurde ungeduldig, sie hatte schließlich den Kooperator rufen lassen. Vielleicht ging es dem Burschen gar nicht so schlecht?

Laut schimpfte sie in der Hoffnung, dass er endlich sage, was ihm fehlte: »Zuerst holt man diesen Taugenichts vom Weitental, und dann sagt er nichts. Aber die gerösteten Erdäpfel hat er sich schmecken lassen!«

So sehr sich Moidl und der Kooperator bemühten, aus diesem Oskar war nichts mehr herauszubringen. Nun wurde auch der Kooperator ungeduldig, er wollte seiner Pflicht nachkommen und dem Sterbenden die Letzte Ölung auftragen: »Sakradio fix halleluja! Sag endlich, soll ich dich jetzt salben oder nicht? Ich glaube fast, dir ist das Gehirn abgefroren!«

Moidl meinte, dass dieser Oskar alles zu Fleiß tue, weil es ihm zu blöd sei, dass ihm der Badwirt vom Übergang abgeraten hatte.

Unverrichteter Dinge zog der Kooperator seinen Mantel über und ging mit Moidl aus der Stube in den breiten Hausgang. »Wenn er es sich doch noch überlegt, sag ihm, er soll sich einen anderen Deppen suchen«, fluchte er und verließ schnellen Schrittes den Hohenhauserhof.

Am nächsten Morgen kannte Moidl kein Erbarmen mehr. Vom gesunden Burschen kassierte sie das Übernachtungsgeld mit einem kräftigen Aufschlag für Essen, Medizin, die warme Stube und für den Kooperator. Die Nennerbrüder brachten den offensichtlichen Simulanten in das Krankenhaus nach Zell, das er nach wenigen Tagen wieder verließ.

Im Schatten des Todes

Seit Jahren ging die Altbäuerin nicht mehr aus dem Haus, nach dem Tod ihres Mannes wollte sie keine Leute mehr sehen. Zusehends verfiel sie in Schwermut, nicht zuletzt wegen ihrer gelähmten Tochter Susanna, der es immer schlechter ging. Auch wenn sie längst erwachsen war, für ihre Mutter war sie das arme Kind, das seit bald dreißig Jahren nicht mehr gehen konnte. Seit ihrem vierzehnten Lebensjahr saß sie im Rollstuhl. Dass sie noch lebte, grenzte ohnehin an ein Wunder. Doch inzwischen vermochte die beste Pflege nichts mehr auszurichten, die älteste Hohenhausertochter hatte rund um die Uhr starke Schmerzen. Nacht für Nacht verharrte die Mutter bei ihr.

Moidl bemerkte schon seit längerer Zeit, dass mit dem schlechter werdenden Gesundheitszustand von Susanna auch der Lebensmut ihrer Mutter mehr und mehr verloren ging. Für Moidl waren sie und Susanna die wichtigsten Menschen in ihrem Leben, und nun ging es beiden schlecht. Zu allem Ungemach hatten die Hohenhauser immer noch nichts von Sepp und Simon gehört. Das Jahr 1903 war angebrochen, Sepp musste seit über zwölf Jahren in Amerika sein, und wo sich Simon aufhielt, wusste niemand.

Immer wieder sagte die Mutter: »Vielleicht ist das Schiff untergegangen, aber wo ist Simon? Für die Überfahrt hatte er zu wenig Geld. Warum melden sich die beiden nicht? Habe ich mit der Hofübergabe an Franz einen Fehler begangen, den mir Sepp und auch Simon nicht verzeiht?« Die Hohenhauserin machte sich Vorwürfe, besonders aber die Ungewissheit fand sie unerträglich.

Moidl dagegen war stolz auf ihre Brüder und machte ihrer Mutter immer wieder Mut. Sie war sich sicher, dass es die beiden zuerst zu etwas bringen wollten, bevor sie sich aus den fernen Ländern meldeten. Irgendwann würden die Brüder mit viel Geld nach Hintertux zurückkehren.

»Mutter, iss etwas, damit du wieder zu Kräften kommst. Der Doktor kommt bald, vielleicht kann er Susanna noch einmal helfen.«

Keines der Hausmittel half mehr, auch der aus Mayrhofen angereiste Doktor Raitmayr wusste keinen Rat: »Susanna isst und trinkt kaum noch, dieses Mal kann ich ihr nicht mehr helfen, es wird bald zu Ende gehen.«

Wie vor Jahren beim Vater kam Pfarrer Wibmer ins Haus und spendete Susanna die Letzte Ölung. Die Mutter reihte sich mit ihren Töchtern und Söhnen um das Sterbebett. Drei Geschwister fehlten. Sepp war nach Amerika ausgewandert, Simon irgendwo, und Theresia hatte inzwischen geheiratet und war zu ihrem Mann ins Wipptal gezogen.

Noch in der gleichen Nacht starb Susanna, die älteste Hohenhausertochter und Moidls großes Vorbild. Sie war die einzige Hohenhauserin, die sich ihr ganzes Leben lang kein einziges Mal beklagt hatte. Ihr Leiden hatte sie als von Gott gegeben hingenommen. Nun war sie im Himmel bei ihrem Vater, erlöst von den Qualen, die sie so lange Zeit tapfer ertragen hatte.

Nach Susannas Tod verlor auch die Mutter ihren Lebensmut: »Ich möchte nur noch dort hingehen, wo mein Mann und Susanna zu Hause sind.« Sie verkroch sich im Gaden, der ebenerdigen Austragskammer der Altbäuerin. Nur noch selten ging sie vor das Haus, um sich für ein paar Minuten in die wärmende Sonne zu setzen. Woche für Woche verschlechterte sich ihr Zustand.

Immer früher ging der junge Hohenhauserbauer aus dem Haus, und erst spätabends kam er heim. Er konnte den körperlichen Verfall seiner Mutter nicht mitansehen. Franz hatte ihr viel zu verdanken. Sie hatte ihn großgezogen und ihn, den damals Neunzehnjährigen, dem älteren Bruder Sepp als Hoferbe vorgezogen. Er erinnerte sich an die Zeit nach dem Tod seines Vaters, als ihm die Mutter notgedrungen und sorgenvoll die Verantwortung übertrug.

Ein Jahr nach dem Ableben von Susanna lag auch die Altbäuerin zu Hohenhaus im Sterben, »die Schmirnerin«, wie sie von den Einheimischen genannt wurde. Wie beim Vater und Susanna reihten sich die Angehörigen um das Sterbebett und beteten einen Rosenkranz nach dem anderen. Wieder kam der Pfarrer und salbte sie auf Stirn, Kinn und Brust.

Moidl war verzweifelt und wollte vom Pfarrer wissen: »Hochwürden, beim Vater ist es eine Zeit her, nun Susanna und die Mutter … kommt noch einer von uns dran? Warum bestraft uns Gott immer wieder und wieder?«

Der Pfarrer dachte nach, aber auch er, der Gottesmann, konnte die Frage nicht beantworten: »Moidl, das weiß ich nicht, noch lebt deine Mutter. Bleib besser bei ihr, bald wird sie deinem Vater und Susanna in den Himmel folgen.«

Am Sterbebett rang die Mutter Moidl noch ein Versprechen ab: »Moidl, wenn ich sterbe, bist du die Älteste am Hof. Versprich mir, dass du auf den Georg aufpasst. Er braucht deine Hilfe, sein ganzes Leben lang.«

Am späten Abend, im Klang des Gebetes, verstarb die Altbäuerin zu Hohenhaus. Drei Tage lang bahrte man sie in der Stube auf, bevor vier Nachbarbauern kamen, um sie nach Lanersbach zum Friedhof zu bringen. Die Nachbarn trugen den Sarg aus dem Haus und die steile Gasse hinunter ins Dorf.

Dort wurde er auf einen Leiterwagen verladen. Viele Bauern schlossen sich mit ihren Söhnen, Töchtern und den Bediensteten dem Trauerzug an, der durch die Dörfer Madseit und Juns bis zur Kirche des heiligen Thomas nach Lanersbach führte. Am Kirchplatz warteten bereits die Leute von den talauswärts gelegenen Höfen. Viele wollten ihr die letzte Ehre erweisen, auch wenn die Schmirnerin, die einst Hohenhauserbäuerin geworden war, nicht allzu beliebt war.

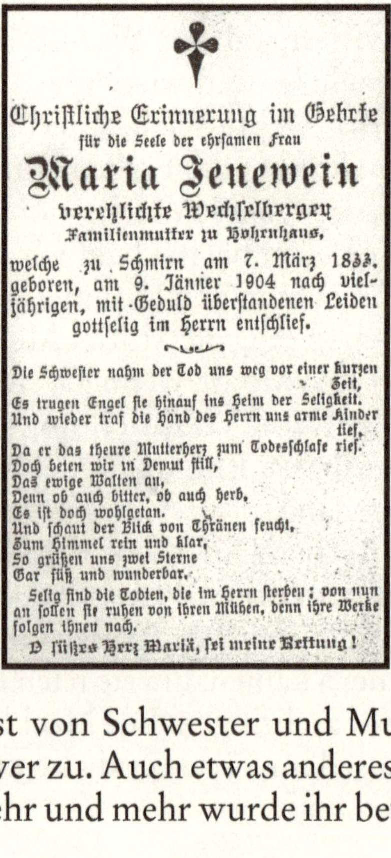

Christliche Erinnerung im Gebete
für die Seele der ehrsamen Frau

Maria Jenewein

verehlichte Wechselberger
Familienmutter zu Hohenhaus,

welche zu Schmirn am 7. März 1833. geboren, am 9. Jänner 1904 nach vieljährigen, mit Geduld überstandenen Leiden gottselig im Herrn entschlief.

Die Schwester nahm der Tod uns weg vor einer kurzen Zeit,
Es trugen Engel sie hinauf ins Heim der Seligkeit.
Und wieder traf die Hand des Herrn uns arme Kinder tief,
Da er das theure Mutterherz zum Todesschlafe rief.
Doch beten wir in Demut still,
Das ewige Walten an,
Denn ob auch bitter, ob auch herb,
Es ist doch wohlgetan.
Und schaut der Blick von Thränen feucht,
Zum Himmel rein und klar,
So grüßen uns zwei Sterne
Gar süß und wunderbar.

Selig sind die Todten, die im Herrn sterben; von nun an sollen sie ruhen von ihren Mühen, denn ihre Werke folgen ihnen nach.

O süßes Herz Mariä, sei meine Rettung!

Der Verlust von Schwester und Mutter setzte Moidl schwer zu. Auch etwas anderes machte sie traurig. Mehr und mehr wurde ihr bewusst, dass sie mit ihren 43 Jahren keine eigene Familie mehr gründen würde. Wie sehr hatte sie sich einen gutmütigen Mann und viele Kinder gewünscht! Nur schwer konnte sie sich damit abfinden, dass ihr die Erfüllung dieses natürlichen Wunsches verwehrt blieb.

Da es auf dem Hof an Arbeitskräften fehlte, mussten Moidl und Franz von früh bis spät schwer arbeiten. Zum Glück gab es noch Thomas, den jüngeren Bruder der beiden. Außerdem war auch Theresias unehelicher Sohn Franz am Hof geblieben, nachdem seine Mutter ins Wipptal geheiratet hatte. Moidl und ihr Bruder, der Hohenhauserbauer, hatten den mittlerweile Zwanzigjährigen gut erzogen und ihm alles beigebracht, was ein Knecht können musste. Für die beiden ledig und kinderlos gebliebenen Hohenhauser war Franz wie ein eigener Sohn. Vielleicht wäre er einmal in der Lage, den Hof zu übernehmen?

Inzwischen war es bereits vierzehn Jahre her, dass Sepp und Simon das Hohenhaus verlassen hatten. Von keinem der beiden hatten sie eine Nachricht erhalten, niemand wusste, wo sie sich aufhielten und wie es ihnen erging.

Nach den Jahren der Ungewissheit brachte der Postbote einen Brief des Stadtamtes Köln. Erwartungsvoll saß die ganze Familie samt den Bediensteten um den Küchentisch, als Moidl das

Kuvert öffnete. Sie begann vorzulesen, dann wurde sie plötzlich still. Wie aus dem Nichts liefen Tränen über ihre Wangen, als sie langsam und stotternd weiterlas:

Der 34-jährige Viehwärter Simon Wechselberger, geboren in Tux/Tyrol, ledig und katholischer Religion, ist im Augusta-Hospital zu Cöln verstorben. Die Begräbniskosten sind von den Angehörigen zu tragen.

Franz sprang auf, lief aus der Küche. Moidl weinte lautstark, die anderen am Tisch senkten den Kopf.

Ausgerechnet der kräftige, kerngesunde Simon war im besten Alter aus ungeklärter Ursache verstorben.

»Nun ist auch noch Simon tot. Zum Glück hat die Mutter das nicht mehr erleben müssen.«

Lange haderte Moidl mit dem Schicksal ihrer Familie. Sie verstand nicht, warum ausgerechnet die gottesfürchtigen Hohenhauser ein Unglücksfall nach dem anderen ereilte. Es quälte sie auch, dass ihr niemand sagen konnte, wie Simon zu Tode gekommen war. Sie erinnerte sich noch gut an den Abschied, als ihr Bruder der Mutter erklärt hatte: »Ich komme mit meinem Verdienst zurück, und dann helfe ich euch aus eurer Not.«

Nun hatte ihn der Herrgott zu sich geholt, und niemand wusste, warum. Er hatte sich doch nur ein besseres Leben und eine eigene Familie gewünscht!

Wie sehr hatte Moidl darauf gehofft, dass ihre Brüder Sepp und Simon mit viel Geld zurückkehren würden, damit die Hintertuxer sehen könnten, was die Hohenhauser imstande waren zu leisten. Nun war Simon tot, und von Sepp hatte man nach so vielen Jahren immer noch nichts gehört. War Sepp auch in Köln, oder doch in Amerika?

Vor drei Jahren war der Jewer-Joseph aus Alaska zurückgekommen. Er hatte so viel Geld und Gold mitgebracht, dass er sich den Jöchlhof direkt vor seinem Elternhaus kaufen konnte. Dann blieb immer noch genug Geld übrig, um eine Pilgerreise ins Heilige Land anzutreten. Zu guter Letzt spendete er dem Priesterseminar zu Brixen noch einen großen Goldklumpen. Genauso glorreich stellte sich Moidl Sepps Rückkehr vor. Simon war heimgekehrt ins ewige Reich, aber vielleicht würde sein Bruder mit den Taschen voller Geld in Hintertux einziehen.

Einige Wochen später kam wieder der Postbote zum Hof. Dieses Mal hatte er einen Brief aus Amerika, aus Colorado. Moidl hatte höllische Angst, dass die nächste schlechte Botschaft ins Haus gekommen sein könnte. Wieder versammelten sich ihre Geschwister und die Bediensteten um den Küchentisch, als Moidl voller

Spannung das Kuvert aus dem fernen Land öffnete. Auch der Postbote blieb stehen und wollte wissen, was in dem geheimnisvollen Brief zu lesen wäre. War es wieder eine Botschaft des Schreckens?

Moidl nahm ein weißes Stück Papier und ein Bild aus dem Kuvert. Die Köpfe rückten enger zusammen, alle wollten sehen, was und wer auf dem schwarz-weißen Foto zu sehen wäre. Moidl konnte es nicht fassen: Es war Sepp mit einer Frau und fünf Kindern, die der Größe nach aufgereiht vor und auf einer Leiter standen. Im Hintergrund sah man eine riesengroße Maschine, wie sie von den Hohenhauserleuten noch niemand gesehen hatte. Hastig und mit zittrigen Händen faltete Moidl den Brief auf und begann sogleich zu lesen:

Ich hoffe, ihr leidet nicht an Not oder Krankheiten.

Ich bin in Amerika, habe eine Indianerin als Frau und fünf Kinder. An Grund und Boden besitze ich gleich viel wie alle Hintertuxer Bauern zusammen, und wegen dem Wildern brauche ich mir auch keine Sorgen mehr zu machen, weil ich die Rehe und Hirsche vom Küchenfenster aus schießen kann. Auf dem Bild seht ihr meine Frau und die Kinder. Der Mähdrescher gehört mir, nur reiche Bauern können sich so eine Maschine leisten.

Endlich eine gute Nachricht, nach vielen schweren Jahren mit einem Schicksalsschlag nach dem anderen! Moidl und ihre Geschwister waren außer sich vor Freude. Gleich liefen sie zu den Nachbarn, um ihnen Bild und Brief zu zeigen. Auch der Postbote eilte von Hof zu Hof und ließ jeden die freudige Nachricht wissen. Alle mussten erfahren, wie weit es ein Hohenhauser in Amerika gebracht hatte. Bald würde Sepp mit viel Geld zurückkommen und wie der Jewer-Joseph einen eigenen Hof kaufen.

Die Neuigkeit verbreitete sich schnell im ganzen Tal, überall redete man vom Sepp, der wegen des Wilderns das Weite gesucht hatte und nun ein gemachter Mann und Großbauer war. Zum ersten Mal im Leben war Moidl richtig stolz auf ihre Familie, auf die Hohenhauser und auf das, was sie imstande waren zu leisten. Sie träumte von einem glorreichen Empfang auf dem Dorfplatz, wo alle sehen könnten, wie Sepp mit seiner Frau, seinen Kindern und mit großem Reichtum in seine Heimat zurückkehrt.

Die Audienz beim Kaiser

In den Wintermonaten trafen sich die Männer und Frauen einmal da, einmal dort. Oftmals kamen Bauersleute aus Madseit, Juns oder Lanersbach mit ihren Mägden und Knechten, um Verwandte zu besuchen. Jeder Bauer war ein guter Gastgeber, auch der Hohenhauser. Es gab Krapfen und manchmal auch etwas Branntwein. Die Männer spielten Karten. Die Kinder reihten sich gerne um die Frauen, die alte und neue Geschichten am besten erzählen konnten: »Andl, Andl, bitte erzähl uns noch einmal die Geschichte von und der Audienz beim Kaiser«, baten die Kinder.

Andl, die Nennerbäuerin, begann gern mit ihrer Geschichte, die sie in den letzten Monaten schon oft erzählt hatte. Sie war stolz auf ihren Mann, den Simal, und auf das, was er im vorangegangenen Jahr in Innsbruck erlebt hatte.

1909 war das Jahr des Andreas-Hofer-Jubiläums. Es erinnerte an den großen Tiroler Freiheitskämpfer, der einhundert Jahre zuvor die Bayern und Franzosen in die Flucht geschlagen hatte.

Die Zillertaler und Tuxer Schützen machten sich auf den Weg zum Ehrenaufmarsch nach Innsbruck.

Alle Schützen waren dabei, nur der Hohenhaus-Franz musste wegen eines Magenleidens zu Hause bleiben. Dabei wäre er so gerne mitgegangen, weil sein Namensvetter, der Kaiser Franz Joseph, höchstpersönlich zu den Feierlichkeiten anreisen würde. Der Kaiser war für die Tuxer Schützen das größte Idol, für ihn hätten sie ihr Leben gegeben.

Hintertuxer Schützen mit Hauptmann Simon Tipotsch, dem »Nen-Simal«

Hauptmann der Hintertuxer Schützen war der »Nen-Simal«, wie Simon Tipotsch vom Nennhof von allen genannt wurde. Mit seiner riesenhaften Statur von über zwei Metern überragte er alle anderen um einen ganzen Kopf.

Vor dem Abmarsch stellte sich Simal vor seine Leute und verkündete:

»Männer, die Tuxer und Zillertaler werden beim Aufmarsch ein gutes Bild abgeben. Erstmals in der Geschichte werden alle Schützen und Musikanten in einheitlicher Tracht antreten. Das gab es noch nie zuvor. – Und noch etwas. Ich werde Innsbruck nur dann verlassen, wenn mir der Kaiser eine Audienz gewährt.«

Seine Kameraden schauten sich gegenseitig an und grinsten hämisch. Die einhellige Meinung war: »Der Hauptmann wollte einen Scherz machen, der ihm aber nicht sonderlich gut gelungen ist.«

Die Hintertuxer marschierten durch das Tuxer Tal hinaus, wo sich in jeder Ortschaft weitere Schützen anschlossen. Als erste Formation schritt die Tuxer Musikkapelle voran, gefolgt von den Tuxer Schützen mit ihrem imposanten Hauptmann. Den Tuxern folgten die hundert Mann zählende Regimentsmusik und weitere zehn Zillertaler Schützenkompanien. Am Schluss kam noch die Bataillonsmusik der Oberzillertaler.

Ab Mayrhofen ging es mit der Zillertalbahn bis Jenbach und weiter mit der großen Eisenbahn nach Innsbruck. Schon die Anreise war für die Schützen ein bleibendes Erlebnis, weil zuvor noch kaum jemand von ihnen mit der Eisenbahn gefahren war.

Die Umzüge in Innsbruck waren beeindruckend und ein voller Erfolg für die Zillertaler. Nie zuvor hatte es in Tirol eine so große Anzahl Schützen und Musikanten in einheitlicher Tracht gegeben. Die Männer trugen dunkle Kniehosen, hell gestrickte Kniestrümpfe, mit Federkiel bestickte Ranzen, helle, aus der Wolle der Tuxer Steinschafe hergestellte lodene Tuxer Janker und weite Hüte mit Hahnenfedern darauf. Jede Kompanie und jede Musikkapelle wurde von feschen Marketenderinnen begleitet.

Bevor die Schützen zur Ehrentribüne vor die Hofburg kamen, hob Simal seinen Säbel

Die Tuxer Musik schreitet voran, dahinter der Schützenhauptmann, der »Nen-Simal«, und die Tuxer Schützen (Vorderlanersbach 1909)

senkrecht zum Himmel. Die Marketenderinnen reichten den Ehrengästen Schnäpse aus ihren Fässchen, die am Riemen über den Schultern getragen wurden. Der Kaiser applaudierte und bewunderte den nicht enden wollenden Aufmarsch der Zillertaler, an deren Spitze der Schützenriese herausragte.

Kilometerlang standen die Leute an der Marschroute und schrien: »Zillertaler, spielt noch einen, spielt noch einen.«

Den Simal ärgerte es, dass er mit seiner Ansage zur Kaiseraudienz von seinen Schützen nicht ernst genommen wurde. Er musste ihnen beweisen, dass er imstande war, seinen Kopf durchzusetzen. Simal war als willensstarker Mann bekannt, der immer noch in die Tat umgesetzt hatte, was er sich vornahm.

Gleich nach dem Umzug verabschiedete er sich von seinen Männern: »Mander, jetzt gehe ich zur Audienz, und nachher werdet ihr nicht mehr lachen!«

In diesem Augenblick konnten sich die Schützen nicht mehr halten. Sie lachten so laut, dass es dem Simal die Zornesfalten ins Gesicht trieb. Wütend verließ er seine Kompanie und drängte in die Hofburg hinein, blitzschnell vorbei an den Wachen. Niemand traute sich diesen Hünen mit seinem Säbel aufzuhalten.

Die Sohlen von Simals Bergschuhen waren mit Eisennägeln beschlagen. Zu Hause auf den

Steilwiesen boten sie einen guten Halt, aber auf dem glatten Marmorboden rutschten sie hin und her, hämmerten und zischten bei jedem Tritt ohrenbetäubend. Zu schnell lief er um die Ecke, rutschte aus und flog in hohem Bogen mit dem Hinterteil voraus auf den harten Boden, dass sein Säbel, den er umhängen hatte, nur so schepperte. Simal fluchte derart laut, dass der Lärm bis ins Kaiserzimmer vordrang. Er richtete sich auf und rutschte auf dem glatten Boden hin und her, bis er vor dem Zimmer des Kaisers stand.

Die Wachen erschraken, als sie den aufgebrachten Simal sahen. Schon der Anblick seiner hohen Statur und die riesigen, dunkelbraun gebrannten Hände flößten ihnen Respekt ein. Vergeblich versuchten sie ihn abzuweisen. Simal widersetzte sich vehement und ließ sie wissen, dass er so lange vor der Tür stehen bleiben würde, bis ihm der Kaiser eine Audienz gewähre.

Sichtlich aufgewühlt ging ein Offizier in das Zimmer Seiner Majestät und berichtete von dem riesenhaften, hartnäckigen Zillertaler, der sich nicht abweisen lasse.

Das machte den Kaiser neugierig, schon beim Umzug war ihm der schneidige Schützenhauptmann aufgefallen. Nach einiger Zeit bat er Simal zu sich und reichte ihm ein kleines Glas mit Branntwein. Interessiert lauschte er seinen Wünschen und Anliegen. Zuletzt entlockte Simal dem Kaiser das Versprechen, das Land Tirol vor fremden Mächten zu beschützen und auf allzu hohe Steuern zu verzichten.

Dem Kaiser gefiel die aufrichtige Art des Nennerbauern, zur Verabschiedung streckte er ihm seine Hand entgegen. Simal war es gewohnt, fest zuzudrücken, zu fest für die zarte Kaiserhand.

Mit einem lauten »Aua, Sakrament« verabschiedete sich der Kaiser vom Schützenhauptmann, der an diesem Tag weit über das Zillertal hinaus bekannt wurde.

Die Erwachsenen von den Hintertuxer Höfen hingen genauso wie die Kinder an der Lippen der Andl, wenn sie die Geschichte von der Kaiseraudienz erzählte. Sie lachten, sie staunten und waren stolz, ganz besonders die Nennerfamilie. Nie zuvor hatte es ein Tuxer bis zum Kaiser geschafft. Gerne erzählt man diese Geschichte auch jedem, der ins Dorf kam.

Doch dieses Glück am Nennerhof sollte nicht lange anhalten.

Immer mehr Reisende kamen nach Hintertux, nächtigten ein paar Tage beim Badwirt oder in einem der Bauernhöfe und zogen dann weiter zum Tuxer Joch oder über den zwischen Olperer und Gefrorener Wand liegenden Riepensattel. Diese Route war besonders gefährlich, weil man den Gletscher überqueren musste. Wegen der Gefahr eines Spaltensturzes begleiteten diese lange Bergtour immer zwei Bergführer. Am Hinweg über den Gletscher waren die Touristen mit den beiden Bergführern im Abstand von ein paar Metern mit einem Seil zusammengebunden und gesichert. Brach jemand durch die Schneedecke in eine Gletscherspalte ein, fingen ihn die anderen auf. Auf dem Rückweg, nachdem sie sich von ihren Gästen verabschiedet hatten, konnten sich die beiden Bergführer gegenseitig sichern.

Simal verdiente sich neben der Landwirtschaft und dem Laden sein Geld als Bergführer. Ein Jahr nach dem Schützenaufmarsch in Innsbruck wartete eine Bergsteigergruppe, die in Richtung Süden weiterziehen wollte, auf ihn. Weil kein anderer Führer verfügbar war, führte er in der Morgendämmerung dieses letzten Augusttags im Jahr 1910 seine Gruppe notgedrungen allein über den Riepensattel.

Frühmorgens war die Schneedecke über den Gletscherspalten noch gefroren und hart. Am Hinweg zur südlichen Ginzlinger Seite des Gletschers ging alles gut.

Auf dem Rückweg jedoch brach Simal durch die aufgeweichte Schneedecke in eine Gletscherspalte ein, schlug hart auf und brach sich beide Beine. Er wusste, dass man ihn in der tiefen Spalte niemals auffinden würde und seine Situation fast einem Todesurteil gleichkam.

Zum Glück hatte er beim Absturz seinen Eispickel festgehalten.

In stundenlanger Anstrengung hackte er Stufe um Stufe in das harte Gletschereis. Erst zu nächtlicher Stunde konnte er seinem eisigen Grab entkommen und blieb erschöpft an der Oberfläche des Gletschers liegen.

Dem Wirt der am Gletscherfuß gelegenen Spannagelhütte war schon am Abend aufgefallen, dass der Simal nicht zurückkam, weshalb er bei Tagesanbruch zum Gletscher aufstieg. Auch einige Hintertuxer machten sich auf den Weg, um nach ihm zu suchen.

Der Spannagelwirt fand den Nenner schließlich auf dem bläulichweiß schimmernden Eis. Gemeinsam mit den etwas später eingetroffenen Hintertuxern trug er den Schwerverletzten hinunter zum Nennerhof.

Den ganzen Herbst und Winter brauchte der Simal, um sich zu erholen. Seine Knochen wuchsen aber nicht mehr richtig zusammen. Es war für ihn eine schlimme Erkenntnis, dass er nun zeit seines Lebens auf einen Gehstock angewiesen wäre. Seine Bergführertätigkeit musste er aufgeben, und auch das Amt des Schützenhauptmannes konnte er nicht mehr ausüben.

Der große Krieg

Wie gerne wäre der Hohenhauserbauer beim Schützenaufmarsch mitgegangen, wie gerne wäre er einmal in seinem Leben mit der Eisenbahn gefahren, wie gerne hätte er den Kaiser und sein Gefolge, die uniformierten Schützen und die jubelnden Menschenmassen gesehen! Doch in diesen Jahren verschlechterte sich sein Zustand immer mehr. Krumm war er geworden, krumm vor Schmerz, krumm von den Mühen, die ihm sein Leben als Bergbauer tagtäglich abverlangte.

Im Sommer 1911 konnte er kaum noch arbeiten. Von schwerer Krankheit gezeichnet, verstarb der Hohenhauserbauer Franz Wechselberger noch im gleichen Herbst. Wie die meisten seiner Geschwister war auch er ledig und kinderlos geblieben. Vor seinem Tod übergab er den Hof an seinen jüngeren Bruder Thomas, den »Hohenhaus-Tumml«.

Die Welt war nicht mehr die gleiche, nachdem der österreichische Thronfolger Erzherzog Franz Ferdinand und seine Gattin 1914 in Sarajevo ermordet worden waren und Kaiser Franz Joseph den Serben den Krieg erklärte.

Schnell weitete sich der Konflikt auf andere Staaten aus, der Erste Weltkrieg entbrannte. Nach und nach mussten alle wehrfähigen Männer einrücken, so auch Franz, der ledig geborene Sohn der Hohenhausertochter Theresia. Die Uniform stand dem hoch gewachsenen und kräftigen Franz wie angegossen.

Moidl war stolz auf ihren Neffen, der ausrückte, um Kaiser und Vaterland zu verteidigen, und dennoch war sie voller Sorge. Beim Abschied segnete sie Franz mit drei Kreuzen auf Stirn, Mund und Brust. Sie sah ihm noch lange nach, als er durch die Weite Gasse ins Dorf hinunterging. Ein letztes Winken, ein schneller Gruß, und Franz verschwand hinter dem Jörglerstall.

Nachdem er nicht mehr im Haus war, wurde es still am Hof. Neben der Moidl und dem Tumml lebten nur noch deren Geschwister Gertraud und Georg am Hof. Die Knechte mussten ebenfalls zum Kriegsdienst, Mägde konnte man sich nicht mehr leisten.

Zur Kriegsnot und der schweren Arbeit kam noch eine schlechte Ernte hinzu. Der zweite Grasschnitt wuchs kaum, die Gerste wollte einfach nicht reifen. Zudem musste jeder Bauer einen Anteil an Vieh, Käse, Butter und Schmalz für Kriegszwecke abtreten. Die Touristen, die in den letzten Jahren etwas Geld in den Ort gebracht hatten, blieben aus, und schon bald kehrte wieder bittere Armut in Hintertux ein.

Es dauerte nicht lange, bis die erste schlechte Nachricht von der Kriegsfront eintraf. Der junge Kösslerbauer fiel »für Kaiser und Vaterland«. Der Pfarrer höchstpersönlich überbrachte der Familie die traurige Nachricht. Er wusste, dass das ein harter Schlag für die hinterbliebene Witwe, die Plattner-Judith, war. Sie hatte drei kleine Kinder, die nun ohne Vater groß werden mussten. Als der Pfarrer den Kösslerhof verließ, weinte er laut. Judith und ihre Kinder taten ihm unendlich leid, ihre traurigen Gesichter würden ihm sein Leben lang im Gedächtnis bleiben.

Nie hätte er gedacht, dass der Krieg länger als ein paar Monate andauern würde. Niemand hätte sich vorstellen können, dass ein Tuxer fallen könnte. Der Nen-Simal hatte nach seiner Audienz berichtet, dass der Kaiser Frieden und Wohlstand in seinem Land erhalten wolle. Anstatt dessen führte er Krieg gegen halb Europa.

Nach dem Tod des Kösslerbauern war Moidl nachdenklich geworden und in großer Sorge. Lange hatte sie nichts von Franz gehört. Wie erging es ihm, warum schrieb er seiner Familie nicht mehr?

1915 war der Krieg in vollem Gange, und in Hintertux brachten der kalte Winter und die fehlenden Arbeitskräfte viele Entbehrungen. An einem schönen Märztag saß Moidl vor dem Hof, die Sonne wärmte ihre dunkle Kleidung.

Gerade wollte sie zur Kapelle gehen, um für Franz ein Licht anzuzünden, als der Pfarrer in eiligem Schritt zum Hohenhaus kam und Moidl begrüßte:

»Moidl, ich muss dir eine schlimme Mitteilung überbringen. Der Franz … er ist in Galizien bei einem Sturmangriff gefallen. Er ist als Held gegangen, verstehst du, Moidl, als Held, im Kampf für Kaiser und Vaterland. Das möge dich und euch Hohenhauser trösten, er ist für seinen Kaiser gefallen.«

Wie gelähmt sackte Moidl auf die Hausbank. Die Worte des Pfarrers prallten von ihr ab, von einem Moment auf den anderen versank sie in Gedanken, schloss die Augen und hörte rundherum nichts mehr. Sie war so tief getroffen, dass sie ihm keine Antwort geben konnte. Langsam stand sie wieder auf, drehte sich um und ging ohne ein Wort der Verabschiedung in ihre armselige Kammer. Es tat ihr weh, wenn sie daran dachte, was der Franz in seiner Kindheit hatte durchleiden müssen. Die Dorfbewohner hatten ihn nie beim Namen genannt, sie bezeichneten ihn einfach als den »ledigen Hohenhauser«. Und nun war auch er nicht mehr da.

Moidl und ihre drei am Hof lebenden Geschwister waren alle ledig und kinderlos geblieben. Mit Franz' Tod war die letzte Hoffnung verflogen, dass ein Hohenhauser der nächsten Generation den Hof übernehmen könnte.

Wie sollte es weitergehen, wenn ihr Bruder Tumml vielleicht krank wurde oder starb?

Moidl brauchte lange, um über den Verlust hinwegzukommen. Liebevoll schmückte sie Franz' Sterbebild mit getrockneten Feldblumen und Edelweiß, mit den Habsburgerfarben Schwarz und Gelb sowie den Tiroler Landesfarben Weiß und Rot, fasste es in einem Bilderrahmen und hängte es in den Herrgottswinkel.

Franz Wechselberger,
1915 in Galizien gefallen

Bei jedem Mittagsgebet erwähnte sie ihn, einerseits weil er als Kriegsheld für Kaiser und Vaterland gefallen war, andererseits, weil alle Verstorbenen von oben sähen, wie sehr man ihrer gedenke. Moidl war überzeugt, dass sie einst den Franz, ihre Eltern und Geschwister im Himmel wiedersehen würde.

Drama um Gertraud

Die letzten Senken im Tal waren ausgeapert, auf der Bichlalm lag nur noch der Lawinenschnee. Die ersten Feldarbeiten begannen mit dem Anrechen der Maus- und Maulwurfshügel und mit dem Beseitigen von Lawinenschutt aus den Feldern und Almweiden. Normalerweise gingen die Hintertuxer Bauern jedes Jahr am 2. Juni übers Joch zum Markt. Sie kauften Kühe in Steinach oder im Südtiroler Passeiertal ein.

In diesem Jahr 1917 war alles anders. Schon drei Jahre tobte der Weltkrieg und brachte Armut und Hunger. Die Knechte waren zum Militär eingezogen. Nur die Bauern, Frauen und Kinder durften zu Hause bleiben. Tumml und der zurückgebliebene Georg waren die einzigen Männer am Hof. Es war unmöglich, alle Felder und Bergmähder zu bewirtschaften, wodurch der Viehstand verkleinert werden musste. Die Bauern waren gezwungen, ihr Vieh übers Joch zu bringen und am Markt bestmöglich zu verkaufen. Hohe Preise konnte man ohnehin nicht erzielen.

Tumml hatte im Winter eine schwere Grippe erwischt, die ihn viele Wochen quälte. Mit dem

Marktgang über das hohe Tuxer Joch beauftragte er seine Schwester Gertraud: »Du gehst dieses Jahr zum Frühjahrsmarkt. Ich bin noch zu schwach.«

Gertraud nahm die Aufgabe gerne an, weil der Marktgang immer etwas Besonderes war. Man traf Verwandte und Bekannte im Schmirntal und auf dem Markt. Gleich nach Mitternacht molk sie mit Moidl die beiden Kühe, die auf dem Markt verkauft werden sollten.

Die drei Wechselberger-Geschwister Moidl, Gertraud und Tumml

»Gertraud, pass auf dich auf und komm heil wieder zurück«, rief ihr Tumml nach, bevor sie den Hof verließ.

Am Abend saßen Moidl, Tumml und Georg vor dem Haus und warteten auf Gertrauds Rückkehr. Die Geschwister waren neugierig, was der Verkauf der beiden Tuxer Rinder eingebracht hätte.

»Sie hatte doch gesagt, dass sie heute noch zurückkehrt«, meinte Tumml.

»Vielleicht war sie zu spät dran und ist bei unseren Verwandten am Riedlhof geblieben«, erwiderte Moidl.

Nach einer Weile antwortete Tumml: »Ja, das wird wohl so sein, der Weg hat im Frühjahr seine Tücken, am Joch liegt noch Schnee.«

Beide machten sich Sorgen. Tumml zündete sich eine Pfeife an und starrte nachdenklich zum Gletscher, wo nur noch der Olperer von der Sonne erleuchtet war.

Von Weitem sahen die Hohenhauser einen Hirtenjungen und eine Frau mit zwei Kühen näher kommen. Es waren die schwarz-weiß gefleckten Hohenhauser Kühe, die zum Verkauf bestimmt waren. Sie erkannten die Nennerbäuerin Andl mit ihrem jüngsten Sohn. Was war geschehen?

»Warum treiben die Nenner unsere Kühe zurück zum Hof? Die sollten doch verkauft werden. Wo ist Gertraud?« Moidl trieb es den Schweiß auf die Stirn, sie ahnte, dass etwas Schlimmes vorgefallen sein musste. Tumml, Moidl und Georg eilten den beiden entgegen.

Die Nennerbäuerin war außer Atem und aufgeregt: »Mit der Gertraud muss etwas passiert sein. Auf dem Markt ist uns schon aufgefallen, dass sie nicht da war. Am Rückweg erkannte ich eure Kühe … sie grasten neben der Schmirner Klamm. Gertraud war nicht da.«

»Und weiter, was war dann?«, fuhr sie der Tumml an.

»Wir beide und ein paar Schmirner haben nach ihr gesucht, haben laut gerufen …«

Tumml versuchte seine Aufregung zu verstecken. Er musste klaren Kopf behalten. So erteilte er seine Befehle, wie er es gewohnt war:

»Moidl, bring die Kühe in den Stall und melke sie. Georg, du gehst mit mir nach Schmirn. Wer weiß, was passiert ist!«

In der Abenddämmerung machten sich Tumml und Georg beinahe im Laufschritt auf den Weg. Hinauf zum Schleierwasserfall, durch das Weitental und weiter über das hintere Joch führt der Weg auf die Schmirner Seite. Georg war geistig zurückgeblieben, hatte aber eine gute Ausdauer.

Als sie am Schmirner Talboden ankamen, war es schon tiefe Nacht. Die beiden machten Rast am Riedlhof. Cousin Lois erzählte, dass Gertraud kurz am Hof war, bevor sie mit den beiden Kühen in Richtung Schmirn weiterzog. »Mir ist aufgefallen, dass sie auf dem Rückweg nicht vorbeikam«, fügte er hinzu.

Es war spät, Tumml und Georg übernachteten am Riedlhof. Früh am Morgen machten sie sich auf die Suche, Lois und seine Schwester gingen mit ihnen.

»Acht Augen sehen mehr wie vier«, meinte Lois, der sich im Schmirntal sehr gut auskannte und die Führung übernahm.

In Kasern und Schmirn fragten sie bei jedem Hof nach dem Verbleib von Gertraud. Niemand hatte sie auf dem Markt oder anderswo gesehen.

Um die Mittagsstunde kamen die vier am Marktplatz in Steinach an. Sie erkundigten sich in den Wirtshäusern und bei den wenigen Marktlern, die sie noch trafen. Niemand wusste etwas von Gertrauds Verbleib.

Unverrichteter Dinge machten sich Tumml und Georg auf den Rückweg, suchten vergebens den Bach, die Klamm und den Wald ab. Hinter Kasern trafen sie den Oggeneunerbauern. Er hatte die Hohenhauserschwester ebenfalls nur auf dem Hinweg gesehen.

In später Abendstunde kehrten Tumml und Georg nach Hintertux zurück. Moidl hatte von den Hintertuxern, die auf dem Markt gewesen waren, ebenfalls nur gehört, dass Gertraud am Weg nach Steinach gewesen, dort aber nicht eingetroffen sei.

Moidl röstete die Erdäpfel an der offenen Feuerstelle der Rauchküche. Nur Georg hatte Appetit, sie und Tumml saßen wortlos am großen

Küchentisch. Gertrauds Platz blieb leer. »Ich zünde eine Kerze an, dann beten wir einen Rosenkranz«, schlug Moidl vor und holte sogleich ihre alte Bibel hervor. Die Kerze im Herrgottswinkel und das knisternde Feuer warfen ein wenig Licht auf die ernsten Gesichter.

Am nächsten Tag um vier Uhr am Morgen machten sich Tumml, Georg und einige junge Hintertuxer erneut auf, um im Schmirntal nach Gertraud zu suchen. Nirgends erhielten sie einen Hinweis über ihren Verbleib, niemand hatte sie auf dem Markt oder auf dem Rückweg gesehen.

Die wochenlange Ungewissheit machte den Hohenhausern schwer zu schaffen. Dann waren eines Tages – der zweite Schnitt der Heumahd hatte gerade erst begonnen – Tumml, Moidl und Georg in der steilen Bichlleite beim Mähen. Da kam der Lois vom Schmirner Riedlhof auf die drei zu.

»Warum kommt er bei diesem schönen Wetter nach Hintertux? Er müsste doch selbst bei der Heumahd sein?« Die drei Hohenhauser warteten angespannt, was der Cousin zu berichten hätte.

»Tumml, Moidl, Georg. Ich muss euch eine traurige Mitteilung machen. Gertraud wurde im Schmirnbach gefunden. Sie lag auf einer Sandbank …« Lois holte tief Luft und fuhr fort: »Ich wünsche euch mein Beileid und eurer Schwester, dass sie auch ohne die Letzte Salbung im Himmel angekommen ist.«

Alle bekreuzigten sich, und Lois äußerte die Vermutung, dass vielleicht die beiden Kühe zu raufen begonnen hätten, Gertraud dazwischenging und von den Kühen in die Klamm gestoßen wurde.

Moidl fragte den Lois nach der Geldtasche ihrer Schwester.

»Sie wurde nicht gefunden.«

Aber wo war die Geldtasche, die sie immer ganz eng unter ihrem Mieder trug? Moidl trieb es den Schweiß aus allen Poren, als sie darüber nachdachte, was mit ihrer Schwester wohl passiert sein könnte. War sie vielleicht überfallen und ausgeraubt worden, oder hatte jemand die Geldtasche bei der Toten auf der Sandbank entwendet?

Lois setzte sich zu Tumml auf das frisch gemähte Gras. Wortlos starrten sie eine Zeit lang zu den Steilhängen, wo Hesser, Kössler und Nenner ihre Felder mähten.

»Tumml, wir müssen die Gertraud schnell begraben«, sagte Lois schließlich zu dem sichtlich betroffenen Hohenhauser. »Sie ist in keinem guten Zustand. Wenn du einverstanden bist, kümmere ich mich darum. Der Schmirner Pfarrer steht bereit, er könnte heute noch tätig werden.«

Tumml war wie gelähmt, er zog seinen weiten Filzhut nach vorne und starrte auf den Boden.

»Danke, Lois, danke. Du bist uns eine große Hilfe. Ich werde mich mit meinen Geschwistern auf den Weg machen.«

Der Franz war an der Kriegsfront gefallen, und nun war auch die Gertraud nicht mehr da. Warum trifft es gerade uns so hart, dachte Moidl, was haben wir verbrochen, dass uns der Herrgott solche Strafen auferlegt?

Die drei Geschwister vermochten die schwere Arbeit kaum noch bewältigen. Jeden Tag vom ersten Hahnenschrei bis in die Nacht hinein reichte ihr Arbeitstag.

In Kriegszeiten mussten die Alten, Frauen und Kinder die harte Feldarbeit leisten.

An allen Höfen fehlte es an Arbeitskräften. Kein Nachbar konnte den Hohenhausern in ihrer Not helfen, jeder musste selbst sehen, wie er zurechtkam.

Zu allem Übel trieb sich der jüngste Bruder Georg oftmals tagelang herum und schlief in Ställen oder im Heu. Die meisten Bauern in der Gegend verjagten den »Hohenhaus-Lappen«, wenn sie ihn auf ihren Höfen antrafen, da und dort gab man ihm etwas zu essen.

Ständig kamen Bettler zu den Hohenhausern und wollten etwas von Moidl und Tumml. Die Lage war zum Verzweifeln.

Nach vier schier endlosen Jahren ging der Krieg zu Ende. Danach war nichts mehr so, wie es einmal gewesen war. Der hoch gepriesene Vielvölkerstaat Österreich-Ungarn zerfiel. Eine Republik wurde ausgerufen, mit der die Hohenhauser nicht viel anfangen konnten. Durch die Ungerechtigkeit der Siegermächte wurde Südtirol ein Teil Italiens. Wenigstens brauchte der von den Hintertuxern so hoch geschätzte Kaiser Franz Joseph diese Schmach nicht mehr mitzuerleben. Zwei Jahre vor Kriegsende war er verstorben.

Nach und nach kehrten die Bauernsöhne und Knechte heim. Doch beileibe nicht alle, viele hatten für Kaiser und Vaterland ihr Leben gelassen. Langsam ging es wieder bergauf, einige wenige Gäste kamen zur Sommerfrische.

Tumml war nach den Kriegsjahren müde und zusammengeschunden. Er stellte zwei Knechte ein, die ihm bei der beschwerlichen Arbeit halfen. Auch Moidl durfte eine Magd einstellen. Sie hieß Emma und stammte vom Großvolderberger Schwoagahof ab. Die Arbeiten am Bergbauernhof hatte sie dort von klein auf gelernt. Für eine Sechzehnjährige war sie besonders zäh an den steilen Hängen der Bergmähder.

Emma war gehorsam und konnte gut zuhören. Sie war die Einzige am Hof, die Verständnis für Moidls Sorgen hatte. Für Moidl war sie etwas ganz Besonderes, Monat für Monat wuchs sie ihr mehr ins Herz. Sehnlichst hatte sich Moidl eine eigene Familie mit vielen Kindern gewünscht. Und nun war die junge, fesche Emma da. Die Hohenhauserin entwickelte für sie beinahe solche Gefühle wie für eine eigene Tochter.

Doppelmord im Zillertal

Jahr für Jahr waren die Arbeiten entsprechend der Jahreszeit die gleichen. Zu den schwersten gehörten die Heuernte auf den hoch über Hintertux gelegenen Bergmähdern. Zwischen dem ersten und zweiten Grasschnitt gingen die Hintertuxer Bauern mit ihren Bediensteten zu den höchstgelegenen Feldern hinauf, bis auf 2400 Meter Seehöhe. Die steilen Bergwiesen blühten in den schönsten Farben, hier wuchsen seltene Blumen wie das Edelweiß. Das Bergheu duftete nach Thymian und Salbei.

Die Steilwiesen wurden gemäht, das halb getrocknete Gras auf meterhohen Tristen aufgerichtet. Wochenlang blieben Bauern und ihre Bediensteten unter dem Wandspitz oder im Weitental. Sie übernachteten in kleinen Unterständen, die sie vor Wind und Wetter schützten.

Erst Ende August brachten die Hintertuxer das Heu ins Tal. Manchmal hatten inzwischen Wildtiere das so mühsam gemachte Heu zum Teil aufgefressen oder Stürme es verblasen.

Im Jahr 1921 hatte es zum Glück nur wenig Wildfraß gegeben, sodass es eine richtige Freude war, das wohlriechende Heu auf die Schloapfe aufzubinden. Das war eine Art Schlitten, ein Gestell auf Kufen, mit dem man das Heu zu Tal zog. Das Heu vom Wandspitz brachte man geradlinig durch den Heuzieherweg mitten durch die Felsen hinunter bis zur Bichlalm. Aber nicht überall war das Ziehen möglich: Vom Weitental musste man die Fracht über einen gefährlichen Weg, den »Gang«, heraustragen. Alle Hintertuxer Bauern mit ihren Angestellten halfen zusammen und beförderten die Schloapfen durch eine Schlucht zum Fuß des Schleierwasserfalls.

Arbeiten mit der Schloapfe

Moidl war sehr pflichtbewusst, und wie sie es der Mutter am Sterbebett versprochen hatte, kümmerte sie sich um ihren Bruder Georg, den Jörg.

In der letzten Zeit fand man ihn häufig am Reuttenhof. Dort arbeitete er mit und bekam dafür etwas zu essen. Einmal sagte Jörg, dass ihm die Maria, die Schwester des Bauern, gefalle. Moidl lachte ihn aus.

Heute aber ärgerte sie sich über ihn, weil er sich zu Hause immer öfter vor dem Arbeiten drückte, während er am Reuttenhof anscheinend unermüdlich war. Die Hohenhauser waren gerade dabei, mit ihren Angestellten die Schloapfen ins Tal zu ziehen. Wie notwendig hätten sie den Jörg für diese schwere Arbeit gebraucht! Doch er war wieder einmal verschwunden.

Plötzlich näherte sich im Laufschritt ein junger Bursche. Er schritt direkt auf den Hohenhauserbauern zu und blieb knapp vor ihm stehen:

»Hohenhauser, euer Jörg hat meinen Bruder, den Reutten-Gottlieb, und meine Schwester Maria erschlagen!«

Tumml schaute den Burschen an. Er musste doch etwas falsch verstanden haben? So fragte er nach: »Was sagst du? Unser Georg, … der Jörg soll den Reuttenbauern erschlagen haben?«

»Ja, und auch meine Schwester. Mit Steinen hat er Maria im Stall und meinen Bruder im Wald erschlagen«, antwortete der Bub. Er begann zu weinen, lief talwärts, drehte sich noch einmal um und schrie lauthals den Hang hinauf: »Irgendwann musste es ja passieren, dass der Hohenhaus-Lappen jemandem etwas antut!«

Tumml stand wie angewurzelt neben der schweren Schloapfe. Moidl setzte sich auf einen großen Stein. Zeit ihres Lebens hatte sie sich um ihren behinderten Bruder gekümmert. Er war immer gut zu allen gewesen. Und nun sollte er Menschen umgebracht haben?

Die anderen Hintertuxer, die das Gespräch mitgehört hatten, zogen ihre Schloapfen wortlos an den Hohenhausern vorbei. Niemand wusste so recht, ob man der Aussage des Burschen Glauben schenken konnte. Zu unwirklich waren seine Worte; einen derartigen Vorfall hatte es noch nie gegeben.

Die Emma stellte sich zu Moidl und wusste nicht recht, was sie sagen sollte. Schließlich nahm sie ihre Herrin am Arm und tröstete sie: »Der Georg hat keine Menschen zu Tode gebracht. Er ist doch gutmütig.«

Endlich fand auch Tumml die Sprache wieder. »Kommt, wir müssen die Schloapfen heimbringen. Das kann nicht stimmen, Georg hätte niemals jemanden umgebracht.«

Vor dem Hohenhauserhof warteten zwei Gendarmen. »Wo ist der Georg, wir müssen ihn mitnehmen, er hat die Reutten-Geschwister erschlagen.«

Zögernd und mit zittriger Stimme antwortete Tumml: »Jörg kann es nicht gewesen sein, er ist gutmütig«.

Einer der Gendarmen trat einen Schritt nach vorne, stellte sich direkt vor Tumml hin und schrie ihn an: »Du glaubst wohl, wir kommen zur Hetz? Nach seiner Tat ist er zum Pfarrer beichten gegangen. Hättet ihr euren Lappen eingesperrt, wäre das Unglück nicht passiert! So ein Verbrechen hat es bei uns seit Menschengedenken noch nie gegeben! Einsperren hättest du ihn müssen, du bist der Schuldige!«

Wie vom Blitz getroffen ließen Tumml und der Hohenhausknecht die Schloapfen auf der Gasse stehen. Alle eilten ins Haus und zum Stall, um zu sehen, ob sich Georg irgendwo versteckt hielt. Doch er war nicht auffindbar.

Moidl stand wie versteinert an der Weiten Gasse neben der Tränke. Die Hohenhauser hatten sich so sehnlich gewünscht, dass nach den Ereignissen der letzten Jahre endlich wieder Ruhe einkehren würde!

Emma brachte es nicht fertig, sie zu beruhigen. Zu aufgewühlt war sie selbst. Laut weinend verschwanden die beiden im Haus.

Die Gendarmen zogen zunächst unverrichteter Dinge ab. Es begann zu tröpfeln, die Schloapfen standen immer noch mitten auf der Gasse. Keiner wusste, was er sagen oder tun sollte. Tumml kannte den Reuttenbauern und seine

Schwester Maria gut. Es waren ausgesprochen nette, fleißige und gottesfürchtige Menschen. Und ausgerechnet ein Hohenhauser verursachte dieses unglaubliche Leid.

»Komm, hilf mir die Schloapfen in die Tenne bringen«, forderte Tumml schließlich seinen Knecht auf und zog kräftig an.

Die Nachricht von dem Unglück verbreitete sich wie ein Lauffeuer. Überall erzählte man die schändliche Geschichte des »Hohenhaus-Lappen«.

Die Weite Gasse mit Marterl und Hohenhauser Stall (links) sowie Hof (Dach rechts); oben die Feldställe von Hohenhaus und Kössler

Moidl und Tumml fühlten sich schuldig. Aber hätten sie Georg sein ganzes Leben lang einsperren müssen, wie es ihnen der Mayrhofener Gendarm gesagt hatte?

Moidl war kaum noch ansprechbar und verkroch sich in ihrer Kammer. War es wieder Gottes Strafe, welche die Familie zum wiederholten Male traf? Die Hohenhauser und ihre Bediensteten hielten sich an die Zehn Gebote und waren enthaltsam. Warum strafte sie Gott so entsetzlich?

Tumml traf es besonders hart. Er war der von den Hintertuxern gewählte Fraktionsvorsteher, der für alle Angelegenheiten der Gemeinde Schmirn und der Pfarre Tux zuständig war.

Am nächsten Tag erfuhren sie, dass Georg in Ginzling aufgefunden worden war. Er war auf dem Weg zu einer in diesem Ort verheirateten Reuttentochter. Hätte er auch ihr etwas antun wollen?

Lange hatte Georg die Schwester des Reuttenbauern umworben. Vor dem Unglück ging er beinahe jeden Tag nach Oberjuns, half am Reuttenhof im Stall und bei der Heuernte mit. Zur Katastrophe kam es, als ihm Maria eines Tages mitteilte, sie möge ihn nicht und alle wären froh, wenn er nicht mehr zum Reuttenhof käme. Georg rannte zutiefst enttäuscht davon, kam am nächsten Morgen zurück und warf Steine auf Maria, bis sie am Boden lag. Danach ging er zu ihrem Bruder, der im nahe gelegenen Wald mit Holzarbeiten beschäftigt war. Auch ihn erschlug er mit Steinen. Der Pfarrer meinte, dass es Georg auf den Reuttenhof abgesehen hätte, und glaubte, wenn er die Bauersleute erschlage, gehöre ihm der Hof. Was auch immer im Kopf des Burschen vorgegangen sein mochte, für die hinterbliebenen Reuttener und auch für die Hohenhauser war der Doppelmord eine kaum erträgliche Belastung, die noch lange Zeit nachwirken würde.

Die Schmach und die Trauer gipfelten beim Zusammentreffen mit den Angehörigen beim Begräbnis. Es war die härteste Prüfung im Leben von Moidl und Tumml. Der Pfarrer predigte von der Kanzel, dass man den Hohenhauser als Fraktionsvorsteher ablösen möchte, weil er unwürdig sei, die Hintertuxer in Amt und Würde zu vertreten.

Und so kam es auch, Tumml wurde abgewählt und der Jörglerbauer zu seinem Nachfolger bestimmt. Ausgerechnet die so christlich und friedlich eingestellten Hohenhauser waren nun dem Hass und der Abneigung der Talbewohner ausgesetzt. Keine Einheimischen und auch keine Gäste kamen mehr auf den Hof, der vorher beinahe täglich von den Hintertuxer Bauern besucht worden war, wenn man etwas von der Gemeinde oder der Pfarre brauchte. Die Leute sahen Tumml und Moidl als die Schuldigen an, weil sie den Georg frei herumlaufen ließen.

Georg wurde nach dem Doppelmord in der Heil- und Pflegeanstalt in Hall eingesperrt.

Ein Marktgang mit Folgen

Der Doppelmord im Zillertal lag erst einen Monat zurück. Wie jedes Jahr gingen die Hintertuxer Bauern auch an diesem 21. September 1921 zum alljährlich stattfindenden Matthäusmarkt nach Steinach an der Brennerstraße. Der Verkauf von Vieh, Käse und Honig brachte Geld, mit dem man Salz, Zucker, Stoffe, Pfannen oder Sensen kaufen konnte. Der Marktgang war für jeden Bauern unumgänglich.

Tumml wollte wegen Jörgs Tat nicht außer Haus gehen, und Moidl war die Einzige, die anstatt seiner hingehen konnte. Normalerweise war es eine Ehre, den Bauern am Markt vertreten zu dürfen. Das passierte nur sehr selten, etwa wenn er krank war. In diesem Jahr jedoch war alles anders. Auch Tumml wusste, dass es für Moidl eine Überwindung bedeutete, auf dem Markt oder auf dem Weg dorthin Bekannte und Verwandte zu treffen. Trotzdem ließ er sie unmissverständlich wissen, dass sie dieses Jahr zum Markt zu gehen habe.

Wenn der Bauer Befehle erteilte, waren diese ohne Wenn und Aber zu befolgen, das war für Moidl selbstverständlich. Doch die Aufgabe, die er ihr zumutete, empfand sie als so schwer, dass sie am Abend vor dem Markttag doch noch einen Versuch machte, ihren Bruder umzustimmen.

Während der Stallarbeit nahm sie ihren ganzen Mut zusammen und redete ihn an: »Wochenlang hast du kaum ein Wort mit mir und den Bediensteten geredet, und jetzt soll ich dich auf dem Markt vertreten? Die Leute gehen uns aus dem Weg und wollen nichts mit uns zu tun haben. Auch auf dem Markt weiß jeder, was passiert ist. Alle wissen es! Und ich bin sechzig Jahre alt und nicht sicher, ob ich mit dem schweren Käselaib noch über das Joch komme!«

Harsch antwortete Tumml: »Du weißt genau, dass ich nicht unter die Leute gehen mag. Wir beide sind die letzten Hohenhauser am Hof, also wer außer dir soll sonst gehen? Nicht einmal der Knecht will mitgehen, das gab es noch nie. Um die erste Stunde nach Mitternacht gehst du los und nimmst die Bless mit.«

Moidl konnte es nicht glauben, dass Tumml die beste Kuh im Stall verkaufen wollte. Zudem war es die Kuh, die Moidl am liebsten von allen hatte. Sie gab am meisten Milch, kalbte jedes Jahr und war ausgesprochen gutmütig zu Menschen, auch wenn sie sich von fremden Kühen nichts gefallen ließ. Seit Jahren war sie die unumstrittene Herdenführerin im Hohenhauser Stall.

Wie Tumml es befohlen hatte, machte sich Moidl in der ersten Stunde nach Mitternacht auf den langen Weg zum Tuxer Joch. Das Gefühl, bald auf dem Markt anzukommen und dem schlechten Gerede ausgesetzt zu sein, belastete sie schwer. Moidl tat es weh, ihre Lieblingskuh zum Markt treiben zu müssen, aber es blieb ihr nichts anderes übrig. Die brave Bless ging vor ihr her, bei jedem Schritt hätte Moidl weinen können. Sie konnte sich nur schwer damit abfinden, dass diese gute Kuh morgen nicht mehr im Hohenhauser Stall stehen würde.

Auf der Buckelkraxe trug sie einen Laib Bergkäse und zwei kleinere Graukäse. Der steile Weg zu dem knapp 2400 Meter hohen Tuxer Joch war anstrengend und beschwerlich. Hinter dem Joch führte der Weg steil hinab ins Schmirntal, vorbei an den großen Höfen von Kasern.

Am Talboden kam Moidl beim großen Anwesen des Oggeneunerbauern vorbei. Vor dem Hof herrschte reges Treiben. Die für den Markt bestimmten Schafe wurden vom Bauern, seinen Söhnen und einem ihr unbekannten, kahl geschorenen Hirtenjungen aussortiert. Wer mochte das wohl sein? Der Bub erinnerte Moidl an ihren Neffen Franz, das ledige Kind ihrer Schwester Theresia. Als Franz nach der Heirat seiner Mutter in Hintertux zurückbleiben musste, war er etwa im gleichen Alter wie der unbekannte Hirtenjunge beim Oggeneuner. In Gedanken an Franz vergaß sie kurzzeitig die Sorgen, die sie und ihr Bruder in Hintertux hatten.

Bei jedem Marktgang machten die Hohenhauser Rast im Riedlhof, dem Elternhaus der Mutter.

Als Moidl in die Nähe des Hofes kam, sah sie ihren Onkel und einige Neffen und Nichten zwischen Stall und Haus. Als sie ihre Verwandte erblickten, verschwanden sie plötzlich. Beim letzten Marktgang waren sie ihr noch entgegengelaufen und hatten sie herzlich begrüßt. Seit dem Unglück, das sie und ihren Bruder getroffen hatte, versteckten sich selbst die nächsten Verwandten vor ihr!

Weiter führte sie der Weg zur Klamm, in der vor vier Jahren ihre Schwester Gertraud tot aufgefunden worden war.

Die Geschichte, dass sie zwei raufende Kühe trennen wollte und dabei in die Klamm gestoßen wurde, konnte Moidl einfach nicht glauben. Zu vertraut war sie mit den Hohenhauser Kühen. Sie rauften nicht miteinander, nur mit fremden Kühen gab es ab und zu Auseinandersetzungen. War ihre Schwester einem Dieb zum Opfer gefallen, der ihr die Geldtasche entriss und sie dann in die Klamm hinunterstieß? Oder hatte ein Dieb der auf der Sandbank liegenden Toten die Geldtasche gestohlen? Was wirklich passiert war, würde man wohl nie erfahren. Nicht nur Gertrauds Arbeitskraft war dem Hof verloren gegangen, Moidl vermisste das Gespräch und die wohltuende Anwesenheit ihrer Schwester.

Um acht Uhr morgens kam Moidl in Steinach an. Von Weitem zu sehen war die Kirche mit den imposanten Doppeltürmen. Viele Gasthäuser reihten sich an der Brennerstraße. Am Dorfbrunnen stauten sich die durstigen Pferde, die, von Matrei und Innsbruck kommend, nicht genug vom frischen Wasser trinken konnten. Eisenbahnzüge donnerten, hohe Rauchwolken ausstoßend, mit lautem Getöse durch den Ort, vereinzelt sah man Lastkraftwagen und Automobile.

Für die Hintertuxer war der Hauptort des Wipptals, die imposante Marktgemeinde Steinach, das Tor zur Welt. Am Marktplatz war es laut und beengt. Man musste aufpassen, dass man nicht unter die Räder von Kutschen oder Lastwagen kam. Aus allen Richtungen hörte man die Hausierer und Standler laut schreien: »Heiße Maroni-roni-roni«, oder »Türkischer Honi-Honi-Honi«. Wer vorbeikam und nur schaute, nichts kaufte, wurde manchmal beschimpft und vom Stand verwiesen.

Der Matthäusmarkt war für die Bauern der Jahreshöhepunkt. Die Hintertuxer erkannte man am hellen, lodenen »Tuxer Janker«, der aus der Wolle der Tuxer Steinschafe hergestellt wurde. Jede Region hatte ihre eigene Tracht. So sah man auf den ersten Blick, mit wem man es zu tun hatte. Die Hintertuxer und Schmirner Bauern brachten ihre tüchtigsten Knechte und Mägde mit. Nur Moidl kam alleine, weil keiner mit ihr gehen wollte. Die Tuxer Mägde trugen ihre Sonntagstracht mit dem roten Brustteil und dem dunklen Schurz. Die Knechte kamen in der Lederhose, dem hellen Leinenhemd und frisch gewaschenen Wollsocken. Alle trugen Filzhüte, nach Tal oder Ort waren sie mal größer oder kleiner, mal höher oder niedriger. Nur die Bauern trugen einen mit Federkiel bestickten Ranzen um den Bauch. Jeder wollte sich von seiner besten Seite zeigen, schließlich war der Markt der Ort, wo die Burschen nach den Mädchen schauten und wo man mit ein bisschen Glück auch seine Verwandten traf.

Viele Leute scharten sich an den Ständen der Aussteller. Moidl trieb die Bless zu dem Platz, wo die Bauern ihre Kühe verkauften. Niemand wusste, warum die Hohenhauser ausgerechnet ihre beste Kuh verkaufen wollten. Eine Leitkuh verkaufte man nicht! Dennoch wollte Moidl sie so schnell als möglich loswerden. Die Leute wunderten sich, dass sich diese Frau überhaupt auf den Markt traute. Die Hintertuxer und Schmirner machten einen großen Bogen um sie. Alle Bekannten, die sonst das Gespräch mit ihr gesucht hatten, drehten sich um, taten so, als würden sie sie nicht sehen, und gingen ihr aus dem Weg.

Die Tat ihres Bruders war das Marktgespräch. Moidl spürte genau, dass alle wussten, was vor ein paar Wochen passiert war.

Ständig war sie in Gedanken an das Unglück. Sie wollte nur noch weg von den Menschen, raus aus dem Markt und zurück übers Joch. Ein Gschnitztaler Bauer erkannte Moidls Not und bot einen geringen Geldbetrag, der vielleicht für einen Mastochsen gereicht hätte, aber niemals für eine Kuh im besten Alter. Moidl willigte ein und begab sich auf den Rückweg, als sie am Gasthof Brennerpost den allseits bekannten Oggeneunerbauern mit dem kahl geschorenen Buben sah, der ihr schon am Hinweg aufgefallen war. Moidl belauschte die Gespräche der Marktbesucher und erfuhr, dass der Oggeneuner den zwölfjährigen Buben über die Sommermonate als Schafhirten aufgenommen hatte und ihn nun loswerden wollte. Über den Winter wollte er ihn auf gar keinen Fall durchfüttern.

Der Bauer versuchte alles und bot ihn jedem Vorbeikommenden an. Immer wieder griff er dem Buben auf den Oberarm, um zu demonstrieren, wie kräftig er sei und wie gut er als Hüterbub geeignet wäre. Lauthals schrie der Bauer in die Menschenmenge:

»Die Zeit ist schlecht, ich muss schauen, dass ich meine eigenen Mäuler über den Winter stopfen kann. Schaut her, wer will diesen kräftigen Buben, er ist zwölf Jahre alt, braucht nicht mehr zur Schule und kann hart arbeiten!«

Immer mehr Menschen reihten sich um den Oggeneuner. Alle wollten wissen, bei wem er den Buben anbringen könnte oder ob er ihn überhaupt loswürde.

Was hat sich Moidl wohl gedacht, als sie diesen armseligen Hirtenjungen sah? Er trug ein stark verschmutztes, ausgefranstes Hemd und eine ebenso schmutzige und zerrissene Kniehose. Barfuß stand er da, seine Füße waren schwarz von Mist und Dreck. Wer weiß, vielleicht hatte er gar keine Schuhe? Wieder erinnerte der Bub Moidl an ihren Neffen Franz, der genauso traurig in den Boden starrte, als ihn seine Mutter am Hohenhauserhof zurücklassen musste.

In den letzten Jahren war viel zu viel passiert am einst so stolzen Hohenhauserhof. Nur noch Moidl und ihr Bruder Tumml lebten dort. Sie überlegte, ob der Bub vielleicht die Arbeitskraft von Georg und ihrer verunglückten Schwester Gertraud ersetzen könnte. Aber der Gedanke erschien ihr abwegig; auch am Hohenhauserhof konnte man über den Herbst und Winter keine fremden Mäuler stopfen. Erst zu Lichtmess, am 2. Februar, wurden bei Bedarf Knechte oder Mägde eingestellt oder entlassen. Tumml würde es ohnehin nicht zulassen, wenn sie mit einem Zwölfjährigen vom Markt zurückkäme.

Immer wieder fiel Moidls Blick auf den verwahrlosten Buben, der sich schämte, weil ihn alle anschauten. Der Oggeneuner bemühte sich redlich, jemanden zu finden, der ihn übernahm, aber niemand wollte ihn.

Moidl wollte gerade den Marktplatz verlassen, als sie der Oggeneuner erblickte und ihr lautstark zurief: »Hohenhauserin, schau her, der Bub wäre was für euch, ihr könntet einen guten Hüter gebrauchen. Er war den ganzen Sommer auf der Kluppenalm und kennt sich mit Ziegen und Schafen gut aus.«

Moidl drehte sich um und erwiderte: »Was glaubst du, was mein Bruder dazu sagen würde, wenn ich mit einem Zwölfjährigen daherkomme. Er würde mich aus dem Haus jagen!«

Darauf ging der Oggeneuner zornig ein paar Schritte auf Moidl zu und schrie sie an: »Wegen euch fehlen am Reuttenhof der Bauer und seine Schwester! Hohenhauserin, wegen dir und deinem Bruder ist großes Leid geschehen. Eine gute Tat würde dir nicht schaden, nimm den Buben mit und bete, dass nicht noch ein Unglück passiert!«

Blitzartig wurde es ruhig am Platz, niemand sagte ein Wort, alle schauten Moidl an und warteten gespannt, wie sie reagieren würde.

Die wollte nur noch weg von diesem Ort, schnellstmöglich nach Hause. Sie schaute zum Buben, dann wieder zum Oggeneuner. Die Stille war beängstigend, ihr Gewissen und die vielen ernsten Gesichter um sie herum ließen ihr keine andere Wahl: »In Gottes Namen, dann nehme ich ihn halt mit.« Moidl drehte sich zu dem Buben, der regungslos dastand und nicht wusste, wie ihm geschah. »Komm, Bub, du kannst mitkommen.«

Wortlos und verunsichert nahm der Zwölfjährige seinen rupfenen Sack und ging mit Moidl. Er hatte von den Hohenhausern und den Morden gehört, wusste aber nicht, wohin ihn diese ältere Frau bringen würde. Die Ungewissheit, der Gedanke an das Kinderheim und die Angst, im Winter erfrieren oder verhungern zu müssen, ließen auch ihm keine andere Wahl.

Auf dem langen Weg durch das Schmirntal wollte Moidl alles über diesen seltsamen, verwahrlosten Hirtenbuben wissen und stellte ihm viele Fragen. Zu ihrem Entsetzen antwortete er im derben Höttinger Dialekt, den Moidl allzu gut vom Markt her kannte.

»Meine Mutter ist gestorben … ein Jahr nach der Geburt von Frieda, ich war sieben Jahre alt. Der Vater ist vor einem halben Jahr an einer Krankheit gestorben.« Er erzählte, wie sehr er seine Schwestern vermisse, er wisse aber nicht, wo sie seien.

»Sag mir zuerst, wie du heißt«, unterbrach sie ihn.

»Hermann, … Hermann Profer.«

Der Bub erzählte, dass seine Familie von Markt zu Markt zog und sich in Hötting niedergelassen hatte. Dieser Ort lag genau im Zentrum der großen Tiroler Märkte und war deshalb für die Marktfahrer und Hausierer ein idealer

Ausgangspunkt. Moidl wusste, dass sich in Hötting viele Zuwanderer und Arbeiter niederließen, weil sie sich im nahe gelegenen Innsbruck keine Wohnung leisten konnten. Der Ort hatte nicht den besten Ruf, überall war es dreckig, die Abwässer flossen aus den Häusern auf die Straße, bis hinunter in den Inn. Wenn es regnete, waren die Gassen voller schmutziger Pfützen, und es stank erbärmlich. Hötting nannte man nicht umsonst die »Koatlackn«, die Dreckpfütze.

Die Höttinger waren geprägt von der rauen Umgebung, man kannte sie an ihrem derben Dialekt, den man nur in diesem Ort sprach. Von Weitem erkannte man »die Koatlackler« an der schmutzigen Arbeitskleidung, am lauten und schroffen Umgangston und an ihrem ungehobelten Benehmen. Die Männer aus Hötting waren aber auch als die besten Arbeiter bekannt und leisteten den wohlhabenden Innsbruckern gute Dienste.

Nach und nach erkannte Moidl, in welcher Not sich der Bub befand. »Aber wie bist du zum Oggeneunerbauern gekommen?«, fragte sie.

Der Bub antwortete zögerlich: »Weil ich es im Heim nicht mehr ausgehalten habe, bin ich in der Nacht zum 2. Juni, dem Tag vom Steinacher Markt, geflüchtet. Ich habe gehofft, dass ich meinen Onkel oder eine meiner Schwestern am Markt treffe, damit sie mich aufnehmen. Aber es war niemand da. Ich musste weiter weg, damit sie mich nicht finden und ins Heim zurückbringen können. Ich bin bis ins hinterste Schmirntal gelaufen, bis ich auf die abgelegene Alm gekommen bin. Sie war versteckt, weit weg und ganz hoch oben. Dort traf ich den Bauern. Er stellte mich als Hüterbub ein.«

»Aber warum bist du vom Heim weg? Ist es dir dort nicht gut gegangen?«, fragte Moidl nach.

»Im Heim wurde ich von den größeren Kindern geschlagen. Selbst beim Essen oder Schlafen haben sie mir keine Ruhe gelassen und sind in Gruppen über mich hergefallen. Alle haben gerufen: ›Koatlackler, Koatlackler‹ …«

Die beiden marschierten weiter. Es blieb still, Moidl versank in Gedanken, weil das Schicksal des Buben sie betroffen machte.

Hermann verlebte einen schönen Sommer auf der Kluppenalm, auch wenn ihn großes Heimweh und Sehnsucht nach den Schwestern plagten. Auf der abgelegenen Alm fühlte er sich sicher, hatte genügend zu essen und eine trockene Unterkunft im Almstall. Hermann war voller Hoffnung, dass der reiche Oggeneunerbauer ihm auch im Winter eine feste Anstellung bieten könnte, zumal er mit seiner Arbeit zufrieden war.

Die fettreiche Nahrung und die anstrengende Arbeit während der Sommermonate taten dem Buben gut. Als die Alpsaison zu Ende war, hatte er sich von den vergangenen Schrecken und

Schicksalsschlägen erholt, war kräftig geworden und braun gebrannt. Es war Zeit, die Tiere ins Schmirntal abzutreiben und die zum Verkauf ausgewählten von den übrigen zu trennen. Der Oggeneuner war der größte Bauer im Tal, dementsprechend imposant war der Tross, der sich langsam in Richtung zum Steinacher Markt in Bewegung setzte.

Für Hermann war es eine große Ehre, als ihm der Oggeneuner mitteilte, dass er zum Markt mitgehen dürfe. Der Bub war aufgeregt und freute sich auf den Markt, den er gut kannte. Jahre zuvor war er mit seiner Familie von Markt zu Markt gezogen, um Körbe, Flechtwaren und Südtiroler Obst zu verkaufen. Auch nachdem die Familie einen festen Wohnsitz in Hötting hatte, war der Steinacher Markt mehrmals im Jahr ein fester Bestandteil im Marktkalender der Familie. Hermann war voller Hoffnung, dieses Mal endlich seine Schwester oder Onkel Ferdinand zu treffen. Mit Stolz könnte er ihnen erzählen, dass er Hirte beim großen Oggeneunerbauern sei.

Doch die Freude sollte nicht lange andauern. Kaum am Markt angekommen, gab ihm der Oggeneuner zu verstehen: »Die Zeit ist schlecht, und im Winter kann ich keine zusätzlichen Mäuler stopfen. Bub, du musst dir eine andere Arbeit suchen.«

Voller Schreck lief Hermann davon, irrte am Markt umher, um vielleicht einen seiner

Verwandten oder Bekannten zu treffen. Im Winter keine Unterkunft zu haben, konnte den Tod bedeuten. Er war verzweifelt, besaß nur das, was er am Leib trug, und den rupfenen Sack mit ein paar Habseligkeiten.

Kein Bekannter, kein Verwandter war am Markt, notgedrungen ging er zurück zum Oggeneuner und flehte ihn an, dass er ihn doch behalten möge, er würde nur wenig Essen brauchen und fleißig arbeiten.

Auch Moidl musste Hermann sagen, dass es nicht sicher sei, dass er am Hohenhauserhof bleiben könne. Der Hohenhauserbauer, ihr Bruder Tumml, war streng, und es war fraglich, ob er ein fremdes Maul über den Winter durchfüttern wollte. Moidl hoffte, dass er nicht erzürnt wäre, wenn sie mit einem fremden Buben am Hof ankäme.

»Hermann, kannst du Schafe oder Geißen hüten?«, fragte Moidl.

»Ja, ich habe den ganzen Sommer die Schafe vom Oggeneuner gehütet, kein Schaf kam zu Schaden, alle Lämmer sind groß geworden.«

»Ich will dir nichts versprechen« sagte Moidl, »aber vielleicht kannst du den Winter bei uns bleiben. Die Hintertuxer Bauern suchen für den nächsten Sommer einen Geißer. In diesem Jahr sind wir Hohenhauser dran, jemanden für diese Aufgabe zu finden.«

Für Moidl war der steile Aufstieg zum Tuxer Joch überaus anstrengend. Sie ging sehr langsam, atmete tief, zum Fragenstellen fehlte ihr die Luft. Hermann trottete ganz langsam und gemächlich hinterher. In der frühen Dämmerung war es ruhig, Hermann hörte nur noch Moidls Atem und ihre im Takt gesetzten Schritte. Seine Augen waren schwer, lange hatte er nichts gegessen. Mit jedem Schritt versank er tiefer in Gedanken. Wie im Traum sah er seine vierzehn Jahre ältere Schwester Mina vor sich, wie sie damals, vor einigen Monaten, ihn und seine Geschwister aufgeweckt hatte.

»Aufstehen, steht endlich auf!« Mina schrie lautstark in das Zimmer, wo ihre sieben Geschwister schliefen. Dann setzte sie sich zu ihm und seiner kleineren Schwester Ida auf den Strohsack, der am Boden lag. Mit beiden Händen stützte sie ihren Kopf.

»Mina, was hast du?«, fragte Hermann.

Regungslos schaute sie durch ihre Finger auf den Boden, nach einer Weile richtete sie sich auf, Tränen liefen über ihr Gesicht: »Unser Vater ist gestorben. Ich weiß nicht, wie es weitergehen soll. Wir haben nichts, und jetzt ist auch noch der Vater tot.«

Seit dem Tod der Mutter hatte Mina deren Aufgaben übernommen. Neben ihrer Arbeit als Marktstandlerin kochte sie, kümmerte sich um die Wäsche, sie nähte und hielt die Wohnung sauber.

Weil der Vater schon vor seinem Tod mit der Miete im Rückstand war, zögerte der Hausbesitzer nicht lange und warf die Familie aus dem Haus. Zum Glück wohnte Tante Aloisia in der gleichen Straße und nahm die Kinder vorübergehend auf.

An diesem Abend blickte die Tante mit strenger Miene auf die acht Geschwister, die dicht gedrängt in ihrem kleinen Zimmer saßen:

»Für ein paar Wochen kann ich die Kleinen aufnehmen. Ihr Großen seid alt genug, sucht euch eine Bleibe. Und du, Mina, musst dich dann um die Kleinen kümmern. Das ist deine Pflicht, hörst du, Mina, du musst dich um die Jüngsten kümmern!«

Mina hatte weder Geld noch eine Unterkunft. Wie sollte sie ihre vier kleinen Geschwister durchbringen? In ihrer Verzweiflung sprang sie auf, rannte weinend aus dem Zimmer und kam nicht mehr zurück. Am nächsten Tag mussten auch die älteren Schwestern das Haus verlassen.

Ein paar Tage später musste Hermann noch gefirmt werden. In gutwilliger Weise übernahm Tante Aloisia die Patenschaft.

»Es kostet viel, aber einen schönen Tag sollst du noch haben«, sagte die Tante. Sie wusste, dass Hermann und seine Geschwister keinen leichten Weg vor sich haben würden.

Nach der kirchlichen Feier führte die Tante Hermann zum Kirchplatz, wo ein Porträtmaler auf Kundschaft wartete. Sie erkundigte sich nach dem Preis, verhandelte kurz und sagte zu Hermann: »Bleib ruhig sitzen und schau nett her, damit das Bild was wird. Ich gehe in der Zwischenzeit zum Fotografen, vielleicht hat auch er noch Zeit für uns.«

Der Maler saß auf einem alten Dreifußstuhl. Hermann hatte ihm gegenüber Platz genommen und bemühte sich zu lächeln, auch wenn ihm nicht danach zumute war.

»Schau ein bisschen netter her, lächeln, lächeln«, forderte ihn der Maler auf. Er konnte nicht ahnen, wie es in Hermann aussah.

Endlich kam Aloisia zurück, stellte sich hinter den Maler und beobachtete ihn bei der Arbeit.

»Fertig«, rief er und drehte das Bild in Hermanns Richtung.

Hermann war überrascht, wie schnell so ein Bild gemalt werden konnte und wie gut er ihn getroffen hatte.

Tante Aloisia bezahlte und dann ging es noch ums Eck zum Fotografen. Es war genau derselbe, bei dem Hermann mit der Mutter und den Schwestern schon einmal gewesen war: zur Taufe seiner kleinen Schwester Frieda.

Die Mutter hatte damals gewünscht, dass die Geschwister gut gekleidet in die Kirche und zum Fotografen gehen könnten. Das Bild müsste

Das handgemalte Firmbild von Hermann Profer

auch dem Vater gefallen, wenn er vom Krieg zurückkehrte. Die älteren Schwestern nähten aus Stoffresten Kleider für die Mädchen, für Hermann liehen sie einen Anzug aus. Noch am Morgen schnitt Mina Hermanns Haare, die älteren Schwestern steckten den jüngeren schöne Frisuren auf. Gleich nach dem Kirchgang ging es zum Fotografen. Frieda sollte dieses Bild ein Leben lang an ihre Taufe erinnern.

Die neugeborene Frieda und ihre Geschwister mit Mutter Marianna

Der Tag der Firmung war für Hermann ein schöner Tag, der die Trauer über den Tod des Vaters für ein paar Stunden in den Hintergrund drängte. Hermann sollte noch ein zweites schönes Bild zur Erinnerung an seine Firmung bekommen.

Dieses Mal ging es recht schnell. Tante Aloisia setzte sich auf einen noblen Sessel, Hermann stand daneben. »Stillhalten, nicht bewegen«, rief der Fotograf, bevor der helle Blitz mit einer stinkenden Rauchwolke das Bild in den Kasten brachte.

Gleich nach dem Fototermin kamen zwei fremde Männer und eine Frau, um die vier jüngsten Geschwister in Waisenhäuser und Pflegeheime in Nord-, Ost- und Südtirol aufzuteilen.

Hermann brachte man nach Rattenberg, dann zu einer Pflegefamilie auf einem Bauernhof nach Kartitsch in Osttirol, wo er es nicht aushielt. In der Hoffnung, auf einem der zahlreichen Märkte im Pustertal oder Wipptal eine seiner Schwestern anzutreffen, riss er bei Nacht und Nebel aus. Er hatte Sehnsucht nach seiner Familie und einem freien Leben. Am Brenner wurde er aufgegriffen und in ein Pflegeheim nach Neustift im Stubaital eingewiesen. Das Heim war überbelegt, die Pflegemutter hatte keine Freude mit dem Neuen, der wegen seines derben Höttinger Dialekts unbeliebt war. Direkt nach der Ankunft sollten die Neuankömmlinge von ihrer gewohnten Umgebung entwöhnt und in die Gemeinschaft eingegliedert werden. Das sah so aus, dass sie ein paar Wochen lang eingesperrt wurden, damit sie nicht davonliefen. Auf diese Weise, so glaubte man, würden sie schnell Eltern und Geschwister vergessen und sich an die neue Umgebung anpassen.

Hermann machten Heimweh und Sehnsucht nach den Geschwistern schwer zu schaffen. Er wollte nur weg von diesem Haus, weg von der Pflegemutter und ihrem launischen Mann.

Weil er oft mit seiner Familie und dem Onkel Ferdinand auf Märkten im Stubaital und dem Wipptal unterwegs gewesen war, kannte er die Termine und Wege genau. Hermann wusste, dass jedes Jahr am 2. Juni Markttag in Steinach an der Brennerstraße war. Diese Gelegenheit musste er nutzen. Zur Mitternachtsstunde nahm Hermann allen Mut zusammen, packte seinen rupfenen Sack und schlich sich aus dem Haus. So schnell er konnte, rannte er talauswärts bis nach Schönberg, weiter ins Wipptal in Richtung Brenner, durch Matrei hindurch bis nach Steinach. Er hoffte, Mina oder Ferdinand zu treffen, die ihn vielleicht aufnehmen könnten. Auf gar keinen Fall wollte er zurück ins Heim. Er wusste genau, dass er dort hart bestraft würde. Die Pflegerin und ihr Mann würden ihn windelweich schlagen.

Der steile Anstieg endete am Tuxer Joch. Langsam brach die Abenddämmerung ein, es ging nur noch bergab durch das Weitental und vorbei am Schleierwasserfall. Moidl atmete nicht mehr so hastig und laut. Sie erzählte Hermann von Hintertux, dem Hohenhauserhof und ihrem Bruder, dem strengen Bauern, der vor dem Unglück mit Georg als Fraktionsvorsteher und Alpmeister eine gewichtige Stimme im Dorf gewesen war. Moidl hoffte sehr, dass ihr Bruder nicht erzürnt reagieren würde, wenn er Hermann zu Gesicht bekäme. Im schlimmsten Fall würde er sie samt dem Burschen aus dem Haus jagen.

Es war dunkel geworden, als Moidl und Hermann am Hof eintrafen. Zögerlich ging sie voraus, Hermann folgte ihr in den breiten Hausgang. Sie öffnete die Küchentüre und blieb im Rahmen stehen.

Der Hohenhauserhof

Der Bauer saß mit seinem Knecht und der Magd Emma um den großen Tisch der dunklen Rauchküche, alle löffelten aus der Pfanne. Nur die offene Feuerstelle und eine Öllampe brachten etwas Licht in den Raum. Hermann blieb im dunklen Hausgang hinter Moidl stehen, sodass ihn niemand sehen konnte.

Mit zittriger Stimme erklärte Moidl, was auf dem Markt passiert war, und umschrieb in kurzen Worten, dass sie einen elternlosen Buben mitgenommen hatte. Nun holte sie Hermann hinter sich hervor und schob ihn in die Küche.

Tumml fiel der Löffel aus der Hand, der klirrend in der Pfanne landete. Alle sahen den Buben an, als käme er von einem anderen Stern.

Hermann zitterte am ganzen Leib. Er wusste nicht, wie ihm geschah, und starrte wie gelähmt in das offene Feuer. Minuten vergingen, die Spannung wurde unerträglich.

Moidl forderte ihren Bruder auf: »Tumml, sag etwas!«

Gemächlich stand der Hohenhauser auf und trat hinter dem Tisch hervor.

Wieder vergingen Minuten, bevor er Hermann, dann Moidl ansah und zu ihr sprach: »Gib ihm etwas zu essen.« Dann verließ er die Küche.

Moidl nahm Hermann am Arm, führte ihn zu Tisch und setze sich neben ihn. Hermann war hungrig, er hatte seit dem frühen Morgen nichts mehr gegessen. Moidl reichte ihm einen Löffel, der hinter der Bank steckte. Gemeinsam aßen sie den Rest aus der Pfanne.

Warum hatte Tumml die Küche derart eilig verlassen? Wollte er erst am nächsten Morgen die Entscheidung treffen, ob der Bub bleiben durfte?

»Hermann, heute schläfst du in der Tenne, und dann sehen wir weiter«, sagte Moidl und wies den Knecht an, ihm eine Schlafstelle zu zeigen.

Hermanns neue Heimat

Am frühen Morgen ging Hermann mit dem Knecht zum »neuen Stall«, wo die Jungkühe eingestellt waren. Da es im Stall kein Wasser gab, wurden die Tiere zwei Mal am Tag einige Hundert Meter talwärts zum Tuxbach hinuntergeführt, wo sie das kalte Bachwasser tranken.

Auf dem Rückweg kam Tumml des Weges. Mit ernster Miene ging er direkt auf Hermann zu: »Diesen Winter hilfst du im Stall und im Wald, vielleicht kannst du im nächsten Sommer als Geißer arbeiten, alt genug bist du ja.«

Hermann nickte freudig und war überglücklich, dass er am Hof bleiben durfte. Die Angst, über den Winter verhungern oder erfrieren zu müssen oder in das Heim zurückgebracht zu werden, war verschwunden.

Blitzartig verbreitete sich die Nachricht, dass die Hohenhaus-Moidl einen Buben vom Markt mitgebracht hatte. Ein Kind ohne Eltern war schandhaft, Hermann war obendrein wegen seines derben Dialekts dem Gespött der Leute ausgesetzt.

Nur im Hohenhaus sprach man ihn mit seinem Vornamen an, für die Einheimischen war er »der Koatlackler«.

Die Ablehnung und der abwertende Umgangston waren für Hermann nichts Neues. Für ihn war in dieser Zeit nur eines wichtig: dass er bleiben durfte und jeden Tag etwas zu essen bekam. Tagtäglich arbeitete er von früh bis spät und tat alles, was ihm befohlen wurde. Tumml und der Hohenhauser Knecht brachten ihm den Umgang mit Kühen bei. Nach und nach lernte er das Melken, die Waldarbeit und die am Hof nötigen Handwerksarbeiten.

Auch Moidl war hocherfreut, dass Hermann bleiben durfte. Sie nähte hohe Doggl und einen Mantel für den neuen Hausbewohner, der jeden ihrer Befehle ohne Widerrede ausführte.

Gemeinschaftlich stellten sechs Hintertuxer Bauern jedes Jahr den Geißer, einen Ziegenhirten für die Sommermonate, ein. Im Wechsel war jeweils einer von ihnen dafür verantwortlich, einen geeigneten und gesunden Burschen im Alter zwischen zwölf und vierzehn Jahren zu finden.

Im Jahr 1922 war der Hohenhauser an der Reihe. Für Tumml war die Entscheidung klar. Er duldete Hermann am Hof und fütterte ihn den Winter über durch. Ab dem Frühjahr musste der Bub auf eigenen Beinen stehen. Hermann war im richtigen Alter, und er hatte im vorangegangenen

Sommer die Schafe vom Oggeneuner gehütet. Einstellen konnte ihn der Hohenhauser allerdings nur nach Zustimmung aller Bauern.

Die Runde von Hof zu Hof fiel ihm dieses Jahr sehr schwer. Seit Georgs Morden ging Tumml kaum noch außer Haus. Das Ungemach wegen dieser Bluttat lastete auf dem Hof und seinen Bewohnern.

Doch als Tumml nach seinem Gang den letzten Stall verließ, war er beruhigt: Alle Bauern hatten zugestimmt. Er ging durch die Weite Gasse hinauf in den Hohenhauser Stall, wo Hermann gerade beim Ausmisten war. Als ihm Tumml die frohe Botschaft überbrachte, kamen dem Buben beinahe die Tränen: »Auf jeden Fall kannst du im Winter bei uns bleiben, im Sommer bist du der Hintertuxer Geißer. Dann werden wir sehen, wie es weitergeht.«

In diesem Moment wusste Hermann, dass Hintertux seine neue Heimat werden würde.

Anfang Mai ging es für Hermann erstmalig zum Weidegang mit den achtzig Hintertuxer Ziegen. Tumml begleitete ihn, sein neuer Bediensteter musste schließlich die Bauern, Weideplätze und Gegebenheiten kennenlernen.

Der Geißer musste die Ziegen in der Früh nach dem Melken von den Bauern abholen, zu ihren Weideplätzen und am Abend wieder zurück zu den Bauern bringen.

Die am weitesten entfernten Plätze lagen auf 2400 Meter Seehöhe unter der Frauenwand.

Hermann lernte schnell und fand sich mit den Gegebenheiten gut zurecht. Der Hohenhauser war als Verantwortlicher auch für die Verköstigung und die Unterkunft des Geißers zuständig, was Hermann sehr gelegen kam. Er fühlte sich in seiner Rolle als Hintertuxer Geißer und am Hohenhauserhof wohl. Die Hintertuxer Bauern waren zufrieden mit dem Koatlackler, der ihre Ziegen verlässlich jeden Morgen abholte und am Abend wieder zurückbrachte. Hermann war glücklich, so wie im letzten Sommer auf der Kluppenalm. Nur eine Sache trübte sein Gemüt: Seit Wochen wartete er auf eine Auskunft, ob er auch im nächsten Winter am Hohenhauserhof bleiben dürfe. Hermann hatte Angst, dass er auch dieses Jahr mit dem Bauern zum Steinacher Markt gehen müsste und er dort wieder wie ein Stück Vieh gehandelt würde. Die Ungewissheit belastete Hermann, aber den Bauern zu fragen traute er sich nicht.

Nach einem schweren Gewitter liefen die Ziegen wie wild ins Tal. Hermann konnte sie nicht aufhalten, immer wieder rannten sie bergab. Nass bis auf die Haut und viel zu früh kam er mit ihnen ins Dorf. Die Bauern schimpften ihn und warfen dem Koatlackler vor, dass er nicht einmal die Ziegen am Berg halten könne.

Nachdem alle Tiere in den richtigen Ställen untergebracht waren, ging Hermann mit den letzten, den Hohenhauser Ziegen, über die Weite Gasse hinauf in den Stall, als Tumml plötzlich mit finsterer Miene vor ihm stand. Wie vom Blitz getroffen schaute der Bub in Erwartung einer ordentlichen Abreibung in die Augen des erzürnten Bauern.

»Hermann, was ist passiert, dass du so früh wieder zurück bist?«

Hermann konnte vor Schreck nicht antworten. Wider Erwarten blieb Tumml ruhig und schimpfte nicht.

»Ich habe mich entschieden ... wegen dem Winter.«

Hermann zuckte zusammen, konnte kaum noch atmen. Die Anspannung war ihm anzumerken, er schaute vor dem Bauern zum Boden, erinnerte sich an den Markt, als ihn der Oggeneuner loswerden wollte. Ausgerechnet heute waren ihm die Ziegen davongelaufen, ausgerechnet heute war er viel zu früh ins Tal gekommen. Hermann war sich sicher, dass dies nichts Gutes bedeuten konnte.

Der Hohenhauser trat einen Schritt zur Seite, zog kräftig an seiner Pfeife und holte tief Luft.

»Hermann, ich weiß, bei einem Gewitter kann man die Ziegen nicht mehr halten, dieser Fehler sei dir verziehen. Du hast im letzten Winter und auch im Sommer gut gearbeitet. Keine Ziege kam zu Schaden, alle Kitze sind groß geworden. Du weißt, im Winter müssen wir schauen, wie wir durchkommen … Alles ist knapp. Ich gebe dir ein Dach über dem Kopf. Das Essen musst du dir verdienen, dafür arbeitest du im Stall, im Wald und auf den Feldern. Als Jahreslohn macht dir die Moidl neue Doggl.« Der Hohenhauser drehte sich um und verließ den Stall.

Hermann konnte sein Glück nicht fassen. Dicke Tränen flossen über seine Wangen. Nun konnte er gewiss sein, über den Winter eine Bleibe und Essen zu haben. Er lief sogleich ins Haus zu Moidl, um ihr diese freudige Nachricht zu überbringen. Auch ihr kamen die Tränen. Sie umarmte ihn, den Buben, der barfuß vor ihr stand und beinahe so groß war wie sie selbst. Vor einem Jahr hatte sie Hermann vom Markt mitgenommen, und nun hatte er ein Zuhause. Hermann hatte bereits viel vom Tuxer Dialekt gelernt, den »Koatlackler« hörte man nur noch selten heraus. Moidl hoffte, dass er für immer bleiben könnte.

Schon zwei Sommer war Hermann Hintertuxer Geißer. Die Bauern schätzten seinen Fleiß und den guten Umgang mit den Tieren, weshalb sie beschlossen, den nunmehr Fünfzehnjährigen als Hintertuxer Schäfer einzusetzen. Diese Aufgabe war noch verantwortungsvoller, zumal knapp 200 Schafe zu betreuen waren. Der Geißer kehrte mit den Ziegen jeden Tag ins Dorf zurück, der Schäfer hingegen blieb mit seinen Tieren von Juni bis Ende September ununterbrochen in den steilen Hängen hoch über Hintertux. Einmal in der Woche kam der Alpmeister auf den Berg, um nach dem Rechten zu sehen und um Salz und Lebensmittel zu bringen. Der Schäfer durfte einige steile Bergmähder bewirtschaften und das Heu an die Bauern verkaufen. Das war sein Arbeitslohn.

Drei Sommer lang übte Hermann dieses Amt aus. Die Hintertuxer mochten den Burschen, der den Tuxer Dialekt so gut angenommen hatte, dass man kaum noch erkannte, dass er kein Einheimischer war.

Drei Knechte und die Magd Emma arbeiteten schon viele Jahre für die Hohenhauser. Emma gehörte schon fast zur Familie und war eine wichtige Stütze für die krumm und alt gewordene Moidl. Nachdem einer der Knechte am »Grimmen«, an einer Blinddarmentzündung, gestorben war, gab Tumml Hermann die frei gewordene Stelle. Hermann konnte stolz auf sich sein. Er, der elternlose Habenichts, war vom Geißer zum Schafhirten und nun zum Hohenhauser Knecht aufgestiegen. Der Waisenbub aus der Koatlacke hatte es im Leben weit gebracht.

Sorgen um das Hohenhauser Erbe

Man schrieb mittlerweile das Jahr 1934. Tumml war alt und abgearbeitet, er litt immer häufiger an starken Bauchschmerzen. Oft dachte er an das Schicksal seines Bruders Franz. Auch dieser war ledig und kinderlos geblieben. Er verstarb in jungen Jahren und übergab den Hof an ihn, und nicht wie üblich, an einen Erben der nächsten Generation. Damals war Tumml im besten Alter, um eine Familie zu gründen, doch das gelang ihm nicht. Inzwischen war außer ihm selbst die 73 Jahre alte Moidl die letzte Hohenhauserin am Hof. Ansonsten gab es nur noch die Knechte Hermann, Jaggal und Simon sowie die Magd Emma. Moidls Bruder Sepp war noch immer in Amerika, seit vielen Jahren hatten die Hohenhauser nichts mehr von ihm gehört. Niemand wusste, ob er überhaupt noch am Leben war. Wie sehr hatten alle Geschwister gehofft, dass er eines Tages mit einem Sack voller Geld zurückkehren und die Hintertuxer sehen würden, dass ein Hohenhauser es zu etwas bringen konnte. Schwester Theresia lebte in Patsch im Wipptal. Sie hatte eine verheiratete Tochter und einen Enkel, dessen Taufpatin Moidl wurde. Er hieß

Peter, die Hohenhauser nannten ihn den »Patscher Peter«. Der Jörg war seit dreizehn Jahren im Narrenhaus in Hall. Tumml versuchte ihn wieder nach Hause zu bekommen, was ihm aber nicht gelang. Viel zu schwerwiegend war das Verbrechen, das sein jüngerer Bruder begangen hatte.

Der einzige mögliche Erbe in der Verwandtschaft war der Patscher Peter.

Tumml wusste, dass er noch nicht sterben durfte, weil der Peter als Hoferbe mit seinen nur dreizehn Jahren noch zu jung war. Mehr als einmal sagte er in dieser Zeit zu seiner Schwester: »Moidl, die Bauchschmerzen werden immer schlimmer. Ich hoffe, dass ich noch ein paar Jahre durchhalte … wenn ich aber doch sterben sollte, ist es mir wichtig, dass der Hof an einen Blutsverwandten übergeben wird, das bin ich unseren Vorfahren schuldig. Seit Jahrhunderten ist der Hohenhauserhof in Familienbesitz. Der Einzige in Frage kommende Erbe ist der Patscher Peter.« Er holte tief Luft und fuhr fort: »Hermann ist kein richtiger Hohenhauser, er ist so etwas wie dein angenommener Sohn, aber kein Wechselberger.«

Moidl erwiderte wie so oft: »Wir beide sind die letzten Hohenhauser am Hof, der Peter ist viel zu jung. Übergib doch den Hof an den Hermann. Ich könnte ihn zuvor adoptieren, dann wäre Hermann ein Wechselberger, und unser

Familienname bliebe dem Hof erhalten. Seit dreizehn Jahren ist der Bub jetzt in Hintertux, lange schon spricht er unseren Dialekt und ist der fleißigste Knecht, den wir je hatten.«

Der von Krankheit gezeichnete Tumml mit den zwei Knechten, Peterler Gottlieb (vorne, sitzend) und Zeller Jaggal, der Magd Emma und einem unbekanntem Kind (1933 oder 1934)

Seit dem Herbst kam Tumml kaum noch aus dem Haus. Selbst Moidls Ameisenschmere, eine Salbe aus Ameisengift und verschiedenen Kräutern, die gegen Schmerzen und Bauchleiden sonst beinahe Wunder wirkte, brachte nur noch kurzzeitige Linderung. Moidl rief den Sprengelarzt Doktor

Raitmayr, den Tumml gut kannte, weil er als ehemaliger Hintertuxer Fraktionsvorsteher öfters mit ihm zu tun gehabt hatte.

Schon auf den ersten Blick sah der Doktor, dass es dem Hohenhauser gar nicht gut ging. Der einst so starke und selbstbewusste Mann wirkte abgemagert und eingefallen, er saß da wie ein Häufchen Elend.

Der Doktor untersuchte ihn an den schmerzenden Stellen und kam schnell zum Ergebnis: »Du musst ins Krankenhaus zu einer genaueren Untersuchung. Wahrscheinlich hast du eine Blinddarmentzündung, wie man bei euch sagt, den Grimmen, es könnte aber auch Prostata sein. Ich weise dich in das Krankenhaus nach Innsbruck ein, nimm gleich übermorgen das erste Postauto. Und sieh zu, dass du vorher noch alles regelst!«

Tumml war betroffen, viele Gedanken gingen ihm durch den Kopf. Was wäre, wenn er, wie vom Doktor angedeutet, nicht mehr aus dem Krankenhaus zurückkehrte? Aber nein, im Krankenhaus würden sie ihm schon helfen können, und bald wäre er wieder zu Hause. In ein paar Jahren könnte er dann den Hof einem richtigen Hohenhauser übergeben, dem dann volljährigen Patscher Peter.

Doch nahm Tumml den Rat des Doktors an und schrieb ein Testament zugunsten seiner Schwester Moidl. Wenn er wider Erwarten nicht mehr zurückkäme, könnte Moidl in ein paar Jahren immer noch an den Patscher Peter übergeben.

Ein merkwürdiges Gefühl begleitete ihn, weil er noch nie in einem Krankenhaus gewesen war. Er packte ein paar Sachen zusammen, er würde ja nicht lange bleiben müssen. Zum Abschied ging er noch zu Moidl in die Küche. Er schaute sie an und sagte mit ruhiger Stimme: »Moidl, ich bin bald wieder da, aber falls etwas dazwischenkommt, überschreibe ich dir den Hof. Der Name Wechselberger muss mit dem Hof verbunden bleiben, vergiss es nicht, Moidl, der Name muss mit dem Hof verbunden bleiben!«

Mit Unbehagen und zittriger Stimme verabschiedete sich die Schwester von ihm: »Pfiat di, Tumml, du wirst schon wieder gesund werden, Gott ist mir dir.«

Es war ein dunkler und kalter Jännertag. Moidl konnte es nicht mitansehen, wie schwer sich Tumml tat, seine gewohnte Umgebung zu verlassen. Immer wieder drehte er sich um, schaute in alle Richtungen. Schließlich verließ er sein geliebtes Hohenhaus. Sie sah ihm mit wässrigen Augen nach, bis er hinter dem Jörglerhof verschwand. Noch nie war Tumml länger als zwei Tage von Hintertux weg gewesen.

Unten im Dorf wartete Hermann. Er lieh sich das Pferd vom Hesser und brachte Tumml zur Postauto-Haltestelle nach Lanersbach.

Für ihn war Tumml ein Held, den nichts erschüttern konnte, ein Lehrmeister, ein Alleskönner, ein Vorbild, ein Mensch, der immer für andere da war. Tumml war für Hermann wie ein Vater, der ihm alles beigebracht hatte. Viel hatte er dem einst so starken und nun so kranken Mann zu verdanken. Hermann stammte von Marktfahrern und Hausierern ab, die es nicht so genau mit Wahrheit, Recht und Ordnung nahmen. Tumml hatte ihn erzogen und zu dem gemacht, was er heute war. Er und Moidl hatten ihm beigebracht, dass man nur mit Ehrlichkeit weiterkommt und Gesetze zwingend befolgt werden müssen. Hermann hatte viel vom Wesen des Hohenhausers, von seiner inneren Ruhe und seinem Charakter angenommen.

Auch wenn es Moidl war, die den elternlosen, verwahrlosten Hüterbuben vom Markt mitgenommen hatte – ohne Tummls Einwilligung hätte Hermann nicht am Hof bleiben dürfen. Tumml war derjenige, der über alles und jeden bestimmte. Er alleine entschied, was zu geschehen hatte. Niemand wollte ein fremdes Maul über den Winter stopfen, niemand wollte ihn, den verwahrlosten Waisenbuben. Der wortgewaltige Hohenhauserbauer hätte ihn davonjagen können, und was wäre dann aus ihm geworden, dem Habenichts, der nicht einmal ein Paar Schuhe besaß? Stattdessen hatte ihn Tumml aufgenommen und ihm alle Arbeiten am Bergbauernhof beigebracht. Er und Moidl waren seine Ersatzeltern, sie gaben ihm ein Zuhause und ein geregeltes, sicheres Leben.

Es ging ihm durch Mark und Bein, als Tumml die erste Treppe in das Postauto hinaufstieg, sich umdrehte und mit leiser Stimme eine Bitte äußerte: »Hermann, kümmere dich um Moidl, solange ich weg bin.«

Hermann fand kaum Worte und antwortete schließlich mit gebrochener Stimme: »Tumml, ich verspreche dir, dass ich auf Moidl aufpasse, bis du wieder zu Hause bist.«

Mit traurigen Augen schaute Tumml durch das Fenster und winkte aus dem abfahrenden Bus, der langsam hinter dem Pinzgerbachl verschwand. Hermann sagte leise zu sich selbst: »Danke, Tumml, danke für alles, was du für mich getan hast. Pfiat di, Tumml!« Er ahnte, dass er ihn wohl nie wiedersehen würde, weil nur wenige vom Krankenhaus zurückkamen.

Über zwei Wochen lang war Tumml im Krankenhaus. Moidl fehlten die Gespräche mit ihrem Bruder, Hermann vermisste die starke Hand, die ihm Befehle erteilte. Es schneite unaufhörlich, immer wieder sammelte sich Rauch in der Küche, weil der Schnee den Kamin überdeckte. Mehrmals am Tag musste er abgekehrt werden.

Um die Mittagszeit plagte sich der Pfarrer die steile Gasse herauf. Sein Besuch musste einen besonderen Grund haben, weil er sich seit dem Unglück mit Georg nur noch selten blicken ließ. Seine ernste Miene ließ Schlimmes erahnen. Moidl bat ihn an den Tisch und setzte sich neben ihn.

Der Pfarrer schnaufte laut, die Anstrengung des steilen Aufstiegs im tiefen Schnee war ihm anzumerken.

»Moidl, ich muss dir leider mitteilen, dass Tumml gestern verstorben ist. Bevor er von uns gegangen ist, wollte er dich noch wissen lassen, dass es ihm leid tut, dass du in deinem Alter noch den Hof übernehmen musst. Er sagte auch, dass dies nur für ein paar Jahre sein werde, bis der Patscher Peter volljährig geworden ist.«

Der Hohenhauserbauer war nicht irgendwer. Bis zu der schändlichen Tat seines Bruders Georg war Tumml in seiner Funktion als Fraktionsvorsteher auch für die kirchlichen Angelegenheiten der Dorfbewohner zuständig gewesen. Man sah dem Geistlichen an, dass ihm der Todesfall naheging.

Moidl wirkte auf den Pfarrer abgearbeitet und müde, er wusste, dass sie im 74. Lebensjahr stand. Er versuchte sie zu trösten und fuhr fort: »Moidl, ich will dir helfen, sag mir, was ich für dich tun kann.«

Die von der schlimmen Botschaft gezeichnete Moidl suchte nach den richtigen Worten. »Herr Pfarrer, ich danke dir, dass du mir die Nachricht persönlich überbracht hast. Das Einzige, was du für mich tun kannst, ist beten. Ich bin alt, und mein Godenkind, der Patscher Peter, ist noch zu jung. Ich muss wohl noch ein paar Jahre durchhalten und hoffen, dass ich gesund bleibe.«

Moidl war am Ende ihrer Kräfte, ging in ihre Kammer und kam den ganzen Tag nicht mehr heraus. Emma hörte am Gang, wie sie in Selbstgesprächen immer von Neuem wiederholte: »Tumml, du wolltest immer, dass der Hof in Familienbesitz bleibt, der Patscher Peter ist der einzig Mögliche, aber noch zu jung. Warum hast du nicht an Hermann übergeben, ich könnte ihn adoptieren, dann wäre er ein Wechselberger. Warum hast du mir das angetan?«

Moidl übertrug ihrem Ziehsohn Hermann alle Arbeiten am Hof. Nach Tummls Ableben befehligte er die beiden Knechte und schaute nach dem Rechten.

Auch die Marktgänge nach Steinach gehörten zu seinen Aufgaben. So würde er am 21. September wieder zu dem ihm so wohlbekannten Matthäusmarkt kommen. Hermann hatte an diesen Markt sehr zwiespältige Erinnerungen. An diesem Ort war er wie ein Stück Vieh gehandelt worden, was er sein Leben lang nie vergessen würde. Dennoch hatte ebendieser Markt sein Leben verändert. Vor genau vierzehn Jahren nahm ihn Moidl von diesem Markt mit. Hätte sie nicht den Mut gehabt, wer weiß, ob er noch am Leben wäre.

Hermann konnte sich auch gut an einige Marktler erinnern, die einst mit seinem Vater befreundet waren. Ob es sie noch gab? Würde er Verwandte oder Bekannte treffen, vielleicht

Der stolze Hohenhauser Knecht Hermann (ca. 1935)

sogar eine seiner Schwestern? Möglicherweise lief ihm auch der Oggeneuner über den Weg.

Vor dem Abmarsch um Mitternacht wurden noch die Kühe gemolken. Mit dem Hohenhauser Knecht, dem besonders kräftigen Martler-Simon, trieb Hermann zwei zum Verkauf bestimmte Tuxer Rinder, vier Schafe und zwei Ziegen über die Bichlalm zum Tuxer Joch hinauf. Beide hatten auch eine schwere Buckelkraxe mit Käselaiben und Graukäse zu tragen, wie es Moidl befohlen hatte.

Hermann und Simon gingen im Tross mit anderen Hintertuxer Bauern. Gegen acht Uhr trafen sie in Steinach ein, blieben kurz stehen und schauten sich das bunte Treiben am Marktplatz an.

Bei Hermann kam Wehmut auf. Seit er das letzte Mal hier gewesen war, hatte sich viel verändert. Die Stände waren bunt geworden, und über die nunmehr zweispurige Brennerstraße bewegten sich viele Militärfahrzeuge, Lastkraftwagen und private Autos, wo vor vierzehn Jahren noch hauptsächlich Pferdegespanne unterwegs gewesen waren. Über die Eisenbahn rollten lange Züge, die von elektrischen Lokomotiven gezogen wurden.

Für Simon war es das erste Mal, dass er zum Steinacher Markt mitgehen durfte. Er war überwältigt vom Verkehr und den Menschenmassen, die sich um die Stände versammelten. »Hier beginnt wohl die Welt«, sagte er. Simon war stolz, dass ihn Hermann zum Markt mitnahm.

Dieser lächelte und ging wortlos weiter, direkt zu dem Standplatz, den früher sein Vater und seine Familienangehörigen besetzten. Mit großer Freude sah er Onkel Ferdinand, den jüngsten Bruder seines Vaters. Früher war auch er mit seiner Familie von Markt zu Markt gezogen, bis er sich in der gleichen Straße in Hötting niederließ, wo auch Hermann mit seiner Familie wohnte. Seine Waren besorgte er in Südtirol. Er verkaufte Trauben, Äpfel, Gemüse sowie türkischen Honig.

Ferdinand hätte Hermann beinahe nicht wiedererkannt. Zu lange war das letzte Zusammentreffen her, aus dem Buben war ein hoch gewachsener, kräftiger und braun gebrannter Mann geworden. Die Wiedersehensfreude war groß. Onkel Ferdinand schenkte Hermann ein Bund Meraner Trauben und etwas vom süßen türkischen Honig. Die Marktler, so wusste er zu berichten, erzählten sich bis heute die Geschichte, wie Hermann seinerzeit am Markt feilgeboten wurde. Und jedes Jahr erkundigten sie sich bei den Hintertuxern, wie es dem Ziehsohn der Hohenhaus-Moidl gehe. Er selbst, Ferdinand, habe viel Gutes von ihm gehört: etwa dass Hermann sich vom Geißer bis zum obersten der Hohenhauser Knechte emporgearbeitet habe und dass er den Hof bald übernehmen könnte.

Hermann lachte und bremste den Optimismus seines Onkels ein wenig: »Nein, Ferdinand, die Moidl hat ein Patenkind, den Patscher Peter, er wird den Hof übernehmen.«

Hermann erkundigte sich nach dem Verbleib seiner Schwestern, die seinerzeit in verschiedenen Waisenhäusern untergebracht worden waren. Ferdinand erzählte, dass Lina in Kärnten, Mina in Meran und Ida in Innsbruck lebe.

Maria und Anna hätten es nicht geschafft, beide seien bereits verstorben.

Hermann war erschüttert. Gleich zwei seiner Schwestern, nicht viel älter als er selbst, waren bereits tot! Er konnte sich aufgrund seiner eigenen Erfahrungen gut vorstellen, dass es ihnen in den Waisenhäusern übel ergangen sein musste.

Gerne hätte er noch lange mit Onkel Ferdinand gesprochen – doch musste er noch seine Kühe, Schafe und Ziegen und auch den Käse verkaufen.

Von Weitem sah er den Oggeneuner mit einem seiner Söhne. Der Bauer war stark gealtert. Hermann ging ihm aus dem Weg, er wollte nicht mit ihm sprechen. Viel zu deutlich hatte er noch in Erinnerung, was sich vor Jahren abgespielt hatte: wie der Oggeneuner ihn nicht über den Winter behalten wollte und wie er Moidl beschimpfte.

Von den Eltern hatte Hermann schon in seinen Kindesjahren gelernt, wie man verhandelt und Geschäfte macht. Er durchschaute die Ausflüchte der Händler, um die Preise zu drücken, und kannte alle Methoden, wie er sich mit diesen Leuten auseinandersetzen musste, um seine Waren mit einem schönen Gewinn verkaufen zu können. Hermann wusste genau, dass der Tuxer Bergkäse bekannt und von der städtischen Bevölkerung sehr geschätzt war, weshalb er die Käselaibe teuer an einen Innsbrucker Händler anbrachte. Die Nutztiere dagegen konnte er gerade noch zum erwarteten Preis verkaufen. Aufgrund der Trockenheit des vergangenen Sommers war nicht genug Futter in den Ställen, wodurch viel mehr Kühe als sonst am Markt waren.

Moidl hatte Hermann aufgetragen, er solle zwei Sensen von den Jenbacher Schmieden, Salz, Zucker und Achentaler Schmierseife mitbringen. Auch beim Ankauf dieser Waren verhandelte Hermann geschickt und bekam respektable Nachlässe.

Simon schaute Hermann zu und war sichtlich angetan von dessen Geschick: »Moidl wird stolz auf dich sein, du hast mehr eingenommen und weniger ausgegeben als sie.«

Bevor es auf den langen Rückweg durch das Schmirntal und über das Tuxer Joch ging, gönnten sich Hermann und Simon einen Schweinebraten mit Knödel und Sauerkraut im Gasthaus »Wilder Mann«. Dazu trank man Südtiroler

Rotwein. Am Rückweg durch das Schmirntal begann es zu regnen, und ganz oben am Tuxer Joch fiel der erste Schnee. Erst zu später Stunde kehrten die beiden heim. Hermann legte sich in sein Bett und konnte ob der vielen Eindrücke kaum einschlafen. Seine verstorbenen Schwestern, Onkel Ferdinand, der Oggeneunerbauer und das bunte Treiben am Markt gingen ihm lange nicht aus dem Kopf.

Sommerfrische in Bad Hintertux

Wie auch bei den anderen Hintertuxer Höfen wurden im Hohenhaus ausschließlich die Betten von Knecht und Dirn vermietet, die einstweilen auf der Alm oder in der Stube schliefen. Wegen der von der deutschen Reichsregierung verhängten Tausend-Mark-Sperre kamen nur noch wenige ausländische Touristen nach Hintertux.

Ein ganz besonderer Stammgast war Agnes Steinlechner, die seit fünfzehn Jahren immer beinahe den ganzen Juli und August blieb. Zwischen Agnes und Moidl hatte sich eine tiefe Freundschaft entwickelt. Jahr für Jahr nahm Agnes die beschwerliche Anreise nach Hintertux in Kauf, um einige Wochen die Sommerfrische bei ihrer Freundin Moidl verbringen zu können. In zwei Tagesmärschen ging sie zu Fuß von Wattens im Inntal durch das Wattental und über das Geiseljoch nach Lanersbach und weiter bis Hintertux. Bei den ersten Kuraufenthalten war ihr Vater dabei gewesen, seit einigen Jahren kam sie alleine.

Vor der Ankunft wollte Moidl in diesem Jahr noch frischen Honig für sie holen. Die Bienenkörbe standen direkt unter dem Haus an der Natursteinmauer. Es war gewittrig, und das machte die Insekten wohl unruhig und angriffslustig. Beim Versuch, den Honig aus dem Bienenstock zu entnehmen, gingen die Tiere zu Hunderten auf Moidl los und stachen auf sie ein. An Kopf, Beinen, Armen und überall, wo Haut zu finden war, stachen sie zu. Moidl rannte davon. Erst als sie weit genug von den Bienenkörben entfernt war, ließen die Stechgeister von ihr ab. Sie ging zum Brunnen an der Weiten Gasse, um ihr Gesicht und die Arme zu kühlen, die es besonders schlimm erwischt hatte. Moidl setzte sich auf die Bank vor dem Haus und weinte bitterlich. Nicht nur wegen der vielen Bienenstiche, die ihren Kopf anschwellen ließen, sondern auch wegen der ausweglosen Situation, in der sich der Hohenhauserhof befand.

Genau in diesem Moment eilte Agnes über die Gasse zum Hohenhaus hinauf. Schon von Weitem hörte sie jemanden weinen. Agnes erschrak, als sie Moidl mit dem stark angeschwollenen Gesicht sah. Sie setzte sich zu ihr auf die Bank und versuchte sie zu trösten. Der Himmel verdunkelte sich, es begann zu tröpfeln, Blitze erleuchteten den Himmel, danach dröhnte tiefer Donner durch das enge Tal. Moidl konnte sich einfach nicht beruhigen, sie war verzweifelt.

Da kam Agnes auf die Idee, sie mit der Frage nach der Berliner Doktorin abzulenken. Die war regelmäßig Feriengast im Badgasthof und besuchte Moidl jedes Jahr.

Darauf beruhigte Moidl sich. Sie wischte sich die Tränen aus dem Gesicht und begann zu erzählen: »Die Ärztin war wieder da und hat mir eine Strickweste mitgebracht.« Sie sprang auf, eilte ins Haus, holte die helle Weste und zog sie über ihren angeschwollenen Kopf: »Schau dir diese schönen Zopfmuster an ... Sie sagte, an mir sei eine Ärztin verloren gegangen, weil ich mich so gut mit Krankheiten und der Herstellung von Heilmitteln auskenne. Nächstes Jahr will sie wiederkommen. Sie hat mir aufgetragen, dass ich ihr bis dahin viel Arnika, Schmere, Murmalschmalz und Gofrachwasser zum Mitnehmen für ihre Patienten machen soll.«

Ein Feriengast auf dem Hohenhauserhof: hinten Moidl, Emma und »die Doktorin«, vorne die Knechte Hermann, Jaggal und Simon

Agnes freute sich, dass Moidl voller Stolz die Weste trug und mit Begeisterung über ihre alljährliche Begegnung mit der Doktorin erzählte.

Die Hohenhauserin hatte sich beruhigt, war doch nun die Agnes da, mit der sie so gut reden konnte.

Um das Essen mussten sich die »Fremden«, wie die Touristen genannt wurden, selbst kümmern. Als Gegenleistung für die Küchennutzung machten sie sich in Haus oder Hof nützlich.

Außer Agnes war Resi Gerber zu Gast im Hohenhaus. Das war eine Schneiderin aus Innsbruck, sie nähte mit Susannas alter Nähmaschine zerrissene Hosen und flickte Kleider. Agnes half am Feld mit oder unterstützte Moidl und Emma bei den Hausarbeiten.

Lebensmittel kauften die Touristen in dem Geschäft im Nennerhof, dem »Nen-Laden«. Die Kresse, die direkt davor wuchs, gab es gratis dazu. Auch für die Bergsteiger und Abenteurer war der Nen-Laden eine wichtige Einrichtung, in der sie Reiseproviant kauften. An jedem Sonntag war außerdem hier der zentrale Treffpunkt nach dem Kirchgang. Vor dem Geschäft auf der langen Bank saßen Einheimische und Touristen, unterhielten sich, sangen, musizierten und lachten. Die jungen Burschen trafen sich mit den Mädchen.

Zum Wiedersehen lud Moidl Agnes zum Krapfen-Essen ein. Sie hatte sich Mühe gemacht und fügte der Fülle besonders viel von dem schmackhaften und gut gereiften Graukäse zu. Die Knechte und Emma kamen gerade von der

Heuernte zum Mittagessen. Zuvor wuschen und erfrischten sie sich am langen Wassertrog. Agnes freute sich sehr, die Knechte und Emma wiederzusehen. Nach dem kurzen Tischgebet setzten sich alle um den großen Küchentisch. Alle lachten herzlich, wenn die Knechte das vornehme Stadtfräulein neckten.

Nach dem Essen gingen die Bediensteten wieder zur Heuernte auf das Feld, Agnes in den Wald, um Pfifferlinge und Pilze zu suchen. Sie kannte die ergiebigsten Plätze und fand so viele, dass sie alle zum Abendessen auf einen »Waldbraten« einlud. Als Waldbraten bezeichnete man die gebratenen und geschmorten Pilze und Pfifferlinge, die man mit Ei und Erdäpfeln zubereitete. Bei der sonst so einseitigen Kost war das für Moidl und die Bediensteten eine besonders rare Abwechslung.

Nach dem Sonnenuntergang kamen Hermann, Emma und die Knechte durstig und hungrig von der Feldarbeit, wuschen sich und setzten sich an den Tisch. Emma holte die große Pfanne mit dem Waldbraten vom Feuer und stellte sie in die Tischmitte. Nach dem Gebet griffen alle nach den Löffeln, die hinter der Bank steckten. Der Waldbraten war besonders gut gelungen, alle lobten Agnes' Kochkünste und bedankten sich. Nach dem Essen wischten die Männer ihren Löffel am Hemd, die Frauen am Schurz ab und steckten ihn zurück hinter die Bank.

Wie es der Brauch war, betete man nach dem Abendessen den Rosenkranz. Moidl, Emma, Agnes, Hermann und die beiden Knechte Simon und Jaggal knieten brav und andächtig nebeneinander am Boden, die Ellbogen aufgestützt auf der langen Bank, die beinahe die ganze Küche umspannte. Moidl begann vorzubeten, alle sprachen sie die immer gleich lautenden Sätze mit.

Die Knechte hielten es mit gewissen Anstandsregeln nicht so genau. Besonders dann nicht, wenn Agnes im Haus war. Für sie war der Gast ein junges, viel zu vornehmes Fräulein aus der Stadt.

Schon bei der dritten Perle vom Rosenkranz ging es los. Simon konnte sich im Gefolge des reichhaltigen Essens nicht mehr beherrschen. Ein tiefer Brummer entwich aus seiner Hose. ›Außer Agnes ist das bei uns ein jeder gewohnt‹, dachte er sich und betete weiter.

Nun vergaß auch Jaggal, was sich gehörte, und ließ einen streichen: ›Ich kann nichts dafür, der Simon hat angefangen.‹

Auch Hermann ließ seinen Bedürfnissen nun freien Lauf. Er betete weiter und entschuldigte sich in Gedanken: ›Die gschmackigen Krapfen vom Mittag und der gute Waldbraten lassen mir keine andere Wahl.‹

Und so ging es weiter. Abwechselnd gab es kurze und längere Abfolgen in verschiedenen Tonarten.

Normalerweise ging es beim Rosenkranzbeten immer ernst zu, doch nach und nach wurden die sonst so tiefen Stimmen der Männer immer höher, verzerrten sich mehr und mehr, bis sie ganz verstummten. Immer weiter beugten sich die Köpfe der Knechte über die Bank, die Schultern wippten auf und ab.

Emma kniete neben Hermann, betete monoton mit den anderen mit und grübelte: ›Warum nur hat Moidl den ganzen alten Graukäse in die Krapfenfülle hineingerieben? Sie hätte doch wissen müssen, dass dies nicht gut gehen kann …‹

Am schlimmsten hatte aber Agnes zu kämpfen, weil auch sie zu Mittag viele der schmackhaften Krapfen mit dem gut gereiften Graukäse zu sich genommen hatte. Sie war sich aber ihrer Vorbildrolle für anständiges Benehmen bewusst. Nur noch sie und Moidl knieten pfeilgerade und beteten in normaler Stimmlage.

Endlich griff Moidl ein, weil es so nicht weitergehen konnte. ›Besser ich überspringe ein paar Perlen vom Rosenkranz, sonst läuft uns wegen dem Gestank noch die Agnes davon‹, dachte sie sich und brach das Gebet ab, als ob nichts gewesen wäre.

Nach dem »Amen« sprangen alle auf und rannten aus der Küche durch den breiten Gang aus dem Haus hinaus. Moidl lief hinterher und schimpfte: »Ihr habt wohl heute zu Mittag zu viele Krapfen gegessen!«

Hermann und die beiden Knechte bogen sich vor Lachen, Agnes und Emma kicherten leise mit, aber auch sie konnten sich nicht mehr beherrschen. Nun steckte das überschwängliche Lachen auch Moidl an. Sie lachte so laut, wie es Hermann noch nie zuvor gehört hatte. Vergessen waren die schmerzenden Bienenstiche und die Trauer um Tummls Tod. Emma und Agnes lagen sich in den Armen, die Knechte saßen auf der Bank und hielten mit den Händen ihre Köpfe, Hermann krümmte sich auf die Fensterbank. Allen liefen die Tränen über die Wangen, und man war sich einig: Nie zuvor hatte es am Hohenhauserhof so ein lustiges Rosenkranzbeten gegeben, noch nie!

Nach dem guten Essen mit dem lustigen Rosenkranz ließen die Gäste und Bewohner des Hohenhauserhofes den Abend gemütlich ausklingen.

Agnes' Zimmer lag direkt über der Weiten Gasse, die am Hohenhaus vorbei zur Bichlalm und auf das Tuxer Joch führte. In ihrer Kammer standen eine weiße Leibschüssel mit der Wasserkanne sowie der Nachttopf, man nannte sie »Kochl«. Zu deren Entleerung stand am Hausgang eine ausgediente »Zumme«, ein altes, schmales Holzgefäß mit Deckel und Trageriemen. Ursprünglich war sie zum Transport der Milch gedacht, nun diente sie nur noch zur Entsorgung der menschlichen Absonderungen.

Agnes war es peinlich, diese in der Zumme zu entleeren, weshalb sie am nächsten Morgen die Kochl mit vollem Schwung über den Balkon hinunter auf die Weite Gasse goss.

Genau zu diesem Zeitpunkt kamen Gäste des Weges. Postwendend hörte man einen Aufschrei: »Iiih, kiek ma, de Sonn scheint und et fängt an zu regnen, komische Gegend hier.«

Agnes erschrak, leise zog sie sich vom Balkon zurück in ihre Kammer und verschloss die Tür.

Moidl beobachtete das Geschehen und schrie lauthals: »Agnes, du weißt genau, dass die Kochl in die Zumme gehört und nicht auf die Gasse. Die Sure muss auf das Feld gebracht werden, damit wieder etwas wächst. Wehe dir, wenn ich dich noch einmal erwische!«

Die Gäste wunderten sich über Moidls Geschrei im Tuxer Dialekt, den sie zum Glück nicht verstanden.

Morgens ging Agnes immer ins Thermalbad, am Nachmittag auf die Felder und Wiesen, um Heilpflanzen zu suchen. Arnika wurde in Alkohol eingelegt und für offene Wunden verwendet, das Johanniskraut kam in Öl, das war gut bei Verbrennungen. Zwischendrin half sie Moidl im Haus oder ging mit den Knechten, der Emma und mit Resi Gerber aufs Feld.

Ende August reiste Agnes wieder ab, die Saison der Sommerfrische am Hohenhauserhof war beendet.

Die ungeliebte Kirche

Mitten in Hintertux sollte eine neue Kirche errichtet werden, weil die alte Kapelle für Einheimische und Touristen zu klein geworden war. Der Pfarrer von Tux wurde zum Obmann des Kirchenbauvereines gewählt und sollte die Aufsicht über den Bau führen. Der Kössler und besonders der Nennerbauer wehrten sich gegen die Platzierung des Kirchenneubaues mitten im Dorf.

Hermann traf sich in dieser Zeit heimlich mit der Nennertochter Anna, die ihn bat, sich auch gegen den Bau zu stellen.

»Hermann, die Kirche würde ein paar Meter vor unserem Haus gebaut werden. Wir haben vor sechs Jahren einen Stock draufgebaut und das Geschäft neu gemacht. Das alles würde man vom Dorf aus nicht mehr sehen. Du musst auch auf unserer Seite stehen, damit für diese übergroße Kirche ein anderer Platz gefunden wird.«

Gegen allen Widerstand begannen im Sommer 1936 die Bauarbeiten. Die Kirche sollte dem Andenken des 1934 ermordeten Bundeskanzlers Engelbert Dollfuß gewidmet sein, dem Begründer der autoritären Regierungsform im

Österreich der damaligen Zeit. Schiff und Kirchturm wurden in Eisenbeton gegossen. Noch im Herbst wurde das Bauholz geschlägert, gefrachtet und geschnitten, damit es über den Winter austrocknen konnte. Die Madseiter spendierten das Lärchenholz für die Dachschindeln, die Lanersbacher das Zirbenholz für die Kirchenstühle. Am Schluss der Bauperiode hatte das »Zentrale Baukomitee« 5000 Schilling Schulden. Anstatt das Holz wie vorgesehen zu verwenden, verkaufte es das Komitee ohne Einwilligung des Tuxer Pfarrers, der daraufhin beschloss, nichts mehr für den Kirchenbau zu tun.

Im Frühjahr wurden die Bauarbeiten mit Hochdruck fortgesetzt. Ein paar Monate später stand er da, der riesige Betonklotz. Er war viel zu nahe am Nennerhaus und dem Nen-Laden mit der allseits beliebten Bank, der durch den hässlichen Bau Sicht und Sonne genommen wurden. Das Kirchendach stand einige Meter über dem neuen dreistöckigen Nennerhaus, der Kirchturm überragte sogar den Hesserhof, der weiter oben am Hang stand.

Jedes Jahr am ersten Sonntag im September wurde Tuxer Kirchtag gefeiert, und jedes Jahr schlachteten alle Bauern zu diesem Festtag einen Ziegenbock. Fleisch war rar, nur an diesem Tag gab es den köstlichen Braten mit Erdäpfeln. Pfarrer Schröckhuber kam mit dem Postauto nach Hintertux. Die Heilige Messe in der

Hintertuxer Kapelle am Kirchtag war immer etwas Besonderes. Aber dieses Jahr schienen alle dem Geistlichen aus dem Weg gehen zu wollen. Kein freundlicher Gruß, kein Angebot, einen Schluck Grantenwasser – die in der Gegend zahlreich wachsenden Preiselbeeren lieferten hierfür den Rohstoff – oder Milch zu trinken, kein Handschlag. Nicht einmal spielende Kinder waren zu sehen. Es war unheimlich ruhig im Dorf.

Pfarrer Schröckhuber wusste genau, warum ihm die Hintertuxer abweisend gegenüberstanden. Der in den letzten Wochen stark angewachsene Rohbau mit dem überhohen, betonierten Kirchturm sorgte für Unmut. Ihm war bekannt, dass der Nenner- und Kösslerbauer den Bau verhindern wollten. Nur sein eigenes Wirken war dafür verantwortlich, dass ihnen das nicht gelang.

Beim Anblick des monumentalen Gotteshauses blieb der Pfarrer kurz stehen. Neben dem riesigen Neubau wirkte die alte Kapelle wie ein Zwerg.

Endlich kam doch der Jörgler-Franz auf ihn zu und reichte ihm die Hand: »Grüß dich Gott, Herr Pfarrer. Magst du Grantenwasser oder doch lieber Milch?«

»Grantenwasser, danke!« Auch wenn der Pfarrer über die Stimmung im Ort im Bilde war, wollte er die Hintergründe aus dem Mund eines

Einheimischen hören. »Sag mir, Franz, was gibt es Neues in Hintertux?«

Der Jörglerbauer war ein schlauer Mensch, aber bei dieser Frage wusste er nicht recht, was er darauf antworten sollte. »Ja ..., Herr Pfarrer ..., es gibt große Unruhe und einen Zwiespalt im Dorf. Die Alten wünschen sich die Monarchie zurück. Sie glauben, dass über diese Dollfuß-Partei und den neuen Kanzler Schuschnigg die Kaiserfamilie zurückkehren könnte. Die meisten Jungen hingegen eifern diesen Nationalsozialisten nach und sind deswegen gegen eine Dollfuß-Gedächtniskirche.«

Der Pfarrer nahm noch einen großen Schluck vom Grantenwasser und erwiderte nachdenklich: »Franz, das ist im ganzen Tal so. Dollfuß hat alle Parteien verboten, auch die Nationalsozialisten, deshalb wurde er umgebracht.«

Der Jörgler rieb sich die Augen, dann platzte es aus ihm heraus. Er musste es dem Pfarrer sagen: »Die neue Kirche ..., die Dollfuß-Gedächtniskirche kommt bei den Hintertuxern nicht gut an. Bei den Jungen wegen dem Dollfuß, beim Kössler und Nenner wegen der Größe und der Lage mitten im Dorf.« Er schwieg einen Moment und fuhr dann fort: »Das Dorf ist gespalten, es gab noch nie so viel Streit in den Familien und zwischen den Hintertuxern.«

Der Pfarrer bedankte sich für das Grantenwasser und ging mit einem unguten Gefühl zur

Hintertux vor dem Kirchenneubau mit der kleinen Kapelle. Oben der Hohenhauserhof, rechts der neu gebaute Hesserhof (1927)

zierlichen Kapelle vor dem riesenhaften Kirchturm. Alles schien plötzlich ganz normal, die Hintertuxer und Madseiter waren vollzählig zur Kirchenfeier gekommen.

Beim Ankleiden in der Sakristei fragte der Pfarrer die Ministranten: »Wie gefällt euch die neue Kirche?«

Es blieb ruhig, er bekam keine Antwort. Erst als er den Sohn des Kösslerbauern am Arm packte und ihm noch einmal die gleiche Frage stellte, antwortete der verängstigte Knabe:

»Uns gefällt die alte Kapelle besser. Zu Hause sagen alle, dass es diese große Kirche nicht gebraucht hätte.«

Nachdenklich ging der Pfarrer zum Altar, las die Messe, spendete die Hostien, erteilte allen

Hintertux mit dem Rohbau der Dr.-Dollfuß-Gedächtniskirche und der kleinen Kapelle

seinen Segen, legte das Messgewand ab und verließ die Kapelle.

Er wollte unbedingt noch den Rohbau der Dollfuß-Gedächtniskirche besichtigen. Die Seitentür war vernagelt, dem Pfarrer blieb nur der Umweg zum großen Eingangsportal vor dem Nen-Laden.

Als Pfarrer Schröckhuber um die Ecke bog, sah er den Nennervater mit seinen Söhnen, den Hohenhaus-Hermann sowie die Söhne vom Kössler und vom Hesser. Die zuvor so schöne Sicht durch das lange Dorf war durch den Neubau verdeckt, die allseits beliebte und sonnige Bank stand nun im Schatten.

Der Pfarrer war die höchste Respektsperson in der Gemeinde. In seiner sauberen schwarzen

Soutane grüßte er die Leute und fragte neckisch mit einem gewissen Unterton: »Genießt ihr die schöne Sonne, oder habt ihr heute eine Dorfversammlung?«

Der Nen-Simal lächelte und erwiderte: »Nein, Herr Pfarrer, wir bewundern nur die schöne Aussicht auf die neue Kirche.«

Ebenso lächelnd antwortete Schröckhuber: »Na, dann genießt die Aussicht. Ihr werdet euch daran gewöhnen müssen, ob ihr wollt oder nicht.«

Die auf der Bank sitzenden Hintertuxer lächelten ungerührt weiter, als wenn sie sagen wollten: ›Wir werden schon noch sehen …‹ Besonders dem sonst so ernsten ehemaligen Schützenhauptmann und Nennerbauern zog es die Mundwinkel fast bis zu den Ohren.

Verwundert drehte sich der Pfarrer zur überdimensionalen Kirchentür und öffnete beide Flügel. Das Sonnenlicht fiel durch die noch nicht verglasten Fenster in den grauen Rohbau. Auf dem Boden standen Wasserlachen, die das Licht widerspiegelten. Vor Kurzem hatte man mit Müh und Not noch das Dach aufgesetzt.

Sein Blick fiel auf den betonierten Altar, wo beidseitig zwei Kerzen brannten. In der Mitte lag etwas, was er zunächst nicht einordnen konnte, weil ihn die Sonne blendete. Draußen rückte die auf der Bank sitzende Gesellschaft zusammen, damit alle durch die offen stehende Tür in die

Kirche sehen konnten. Der Pfarrer ging einige Schritte nach vorne. Ein strenger Geruch kam ihm entgegen.

»Was um Gottes willen ist hier geschehen? Was ist das für ein Gestank?«, flüsterte er kaum hörbar in den hallenden Rohbau.

Nach einigen Schritten erkannte er, was sich auf dem Altar befand. Er war wie vom Blitz getroffen, sein Kopf färbte sich purpurrot, die Halsadern schwollen an, seinen Puls spürte er bis in die Schädeldecke hinauf. Er schnappte nach Luft, drehte sich um, sah die Leute auf der Bank sitzen und hörte die vor der Kirche spielenden Kinder.

In seinem Kopf drehte sich alles, er wandte sich wieder zum Altar. Was der Pfarrer dort vorfand, hätte er sich in seinen schlimmsten Albträumen nicht vorgestellt.

Zu seiner Begrüßung lag der Kopf eines Ziegenbockes mitten auf dem Altar, beidseitig flackerten Kerzen. Langsamen Schrittes näherte sich der Pfarrer dem Altar mit der höllischen Botschaft. Die grinsenden Gesichter auf der Bank, der Nen Simal und die abweisenden Hintertuxer kamen ihm in den Sinn. Wie eine Erscheinung wandelte sich der Kopf des Ziegenbockes in das Gesicht des Nen-Simal, der ihm sagen wollte, dass er und diese Kirche in Hintertux nicht willkommen seien. Doch wo kam dieser erbärmliche Gestank her?

Der Pfarrer brauchte nicht lange zu suchen. Jemand hatte die Kanzel als Abort benutzt.

Er war der Pfarrer, das geistliche Oberhaupt der gläubigen Tuxer Bevölkerung, der jedes Kind taufte, jedes Paar verehelichte und jedem Sterbenden die Letzte Ölung zukommen ließ. Jahrelang war er, wie es sich gehörte, freundlich empfangen, zum Essen eingeladen und wieder freundlich verabschiedet worden. Doch jetzt war ausgerechnet er, der Herr Hochwürden, diesem abartigen Protest ausgesetzt. »Herr, das ist eines Pfarrers nicht würdig«, murmelte er beim Blick auf den Altar. Er wollte nur noch weg von hier, hinaus aus diesem Dorf, zurück nach Lanersbach. Mit diesen Hintertuxern wollte er nichts mehr zu tun haben.

›Warum ist der Hintereingang der Kirche mit Brettern vernagelt? Weil ich sonst nicht bei der Bank vorbeigehen müsste und meine Wut auf dem Heimweg auslassen könnte‹, dachte sich der Pfarrer. Ihm stand nun eine schwere Prüfung bevor. Es blieb keine Wahl, es gab nur diesen einen Ausgang, der durch das offen stehende Kirchentor am Nen-Laden vorbeiführte, wo die Hintertuxer auf der Bank saßen. Der arme Pfarrer musste sich dieser Gesellschaft stellen, ob er wollte oder nicht. Seine langen und schnellen Schritte durch die Wasserlachen hallten durch das hohe Kirchengebäude. Mit erzürntem Gesicht verließ er den Kirchenbau und kam zur

Bank, an der er langsam entlangschritt. Allen, die dort saßen, blickte er tief in die Augen, einem nach dem anderen. Die jungen Hintertuxer blieben sitzen und schauten auf den Boden oder am Pfarrer vorbei.

Zuletzt kam er zum alten Nennerbauern.

Simon Tipotsch, der »Nen-Simal«, mit seiner Frau Anna (»Andl«) an seinem 70. Geburtstag (1937)

Simal stand auf und blickte auf den Pfarrer hinunter. Es schien, als wollte der Schröckhuber durch seine Augen in das Innerste seiner Seele blicken. Die rote Farbe im Gesicht und die angeschwollenen, pulsierenden Adern am Hals von Hochwürden zeugten von dessen Anspannung.

Wortlos und mit ernster Miene erwiderte der Simal den Blick.

Der Pfarrer bemühte sich, in dieser spannungsgeladenen Situation die richtigen Worte zu finden: »Es mag sein, dass sich der Bau nicht besonders günstig an unser Tal anschmiegt. Es mag auch sein, dass das Dach ein paar Meter höher ist als der neue, dreistöckige Nennerhof. Und es mag auch sein, dass der Kirchturm über den Hesserhof hinausragt und einen weiten Schatten wirft.«

Simal sagte kein Wort und schaute mit ernster Miene auf den kleinen Pfarrer hinunter. Sein Schnurrbart ging langsam hin und her.

Nun packte den Pfarrer der heilige Zorn. Er schrie so laut, dass ihn noch die Leute auf der weit entfernten, von der Sonne überfluteten Veranda vom Badgasthof hören konnten: »Ihr seid Kirchenketzer übelster Sorte! Dieses erbärmliche Benehmen wird der Herrgott bestrafen! Und eines könnt ihr euch hinter die Ohren schreiben. Diese Kirche bleibt stehen, ihr werdet euch daran gewöhnen müssen!«

Simal, der über zwei Meter große Hüne, empfand die Worte des Pfarrers als Beleidigung, die er nicht auf sich sitzen lassen wollte.

Der Pfarrer kam ihm zuvor und holte noch einmal tief Luft. Für ihn war klar, wer die Kirche verunstaltet hatte, doch er wollte es aus dessen eigenem Mund erfahren. »Auch wenn dieses

Bauwerk noch nicht geweiht ist – das, was ich gesehen habe, ist durch nichts zu entschuldigen! Wer hat diese Kirche geschändet? Nenner, gib es zu, du warst es, mit deinen Söhnen!«

Simal rückte bedrohlich nahe an den Pfarrer heran, es schien, als hätte es ihm die Sprache verschlagen. Die Banksitzer schauten voller Erwartung auf die beiden. Niemand wusste, was im nächsten Moment passieren würde.

Pfarrer Schröckhuber hatte noch nie in seinem Leben eine so große Schmach ertragen müssen. Er war außer sich, der Zorn überfiel ihn ein weiteres Mal. Mit dem Finger zeigte er auf Simal, dann auf seine Söhne: »Ihr seid es gewesen, ihr Nenner, und der Koatlackler war auch dabei! Weil die Kirche vor eurer Nase steht und das neue Nennerhaus verdeckt. Aber lasst euch gesagt sein, Gottes Strafe ist euch sicher!«

Bei all dem Verdruss hatte es dem Pfarrer den Appetit verschlagen. Vor der Heiligen Messe hatte er sich noch auf den Geißbockbraten gefreut, auf den ihn der Jörgler eingeladen hatte. Doch jetzt eilte er, auf sich selbst schimpfend, talauswärts durch das Dorf.

Die Männer auf der Bank begannen zu lachen. Nur der Simal blieb ernst. Er war ein gottesfürchtiger Mensch, dem nach dem Wutanfall und der Drohung des Pfarrers mit Gottes Strafe nicht mehr wohl war.

Der viel zu junge Hoferbe

Moidl saß auf der alten Bank vor dem Haus. Sie hielt den ersten und zugleich letzten Brief und das Bild ihres Bruders Sepp in Händen. 25 Jahre war es her, seitdem sie zum letzten Mal von ihm gehört hatte. Doch sie war nach wie vor stolz auf den Bruder, der es in Amerika so weit gebracht hatte. Eigentlich hätte Sepp, als ältester Sohn, der Hohenhauserbauer werden sollen. Doch das war wegen seiner unbezähmbaren Leidenschaft für die Wilderei nicht möglich gewesen. Moidl hatte ihm fast jedes Jahr einen Brief geschickt, aber nie eine Antwort erhalten. Sie wusste nicht, ob er überhaupt noch am Leben war.

Der jüngste Bruder Georg war nach wie vor in der Irrenanstalt in Hall, ihre Schwester Theresia vor zwei Jahren verstorben. Moidl war die letzte Hohenhauserin ihrer Generation, Georg und Sepp würden wohl nie mehr zurückkommen. Sie war mit ihren Kräften am Ende und versuchte die Hofübergabe an ihr Patenkind, den Enkel ihrer verstorbenen Schwester Theresia, den »Patscher Peter«, sicherzustellen.

Schwester Theresias letzter Wunsch war gewesen, dass ihr Elternhaus in Familienbesitz bleiben und Peter den Hohenhauserhof übernehmen solle. So holte Moidl im Jahr 1939 den achtzehnjährigen Peter zum Probearbeiten. In der rauen Wirklichkeit in Hintertux musste er bestehen und in seine Aufgabe hineinwachsen, um tagtäglich an den steilen Berghängen in der prallen Sonne arbeiten zu können. Zu Hause am Noarerhof in Patsch hatten sie ein vergleichsweise flaches Wiesengelände, es gab keine Bergmahd, und Pferde erleichterten die schweren Arbeiten.

Mit dem kräftigen Hermann und den beiden Hohenhauser Knechten konnte Peter nicht mithalten. Mit seinen achtzehn Jahren war er einfach nicht kräftig genug. Anders als auf seinem Heimathof trug man in Hintertux zusammengebundenes Heu auf Kopf und Schultern. Das »Fachtl« wog oft um die 100 Kilogramm. Vom Weitental und den Bergmähdern zog man das Heu mit einem Holzuntersatz, der »Schloapfe«, zu Tal.

Für den Peter richteten die Knechte etwa halb so große Fachtl her, die ihm immer noch zu schwer waren, weil er keine Übung hatte. Hermann und die Knechte hänselten ihn wegen seiner schmächtigen Statur: »Peter, pass auf, dass du nicht abbrichst«, lästerte der Martler-Simon. Auch der zweite Hohenhauser Knecht, der Zeller-Jaggal, neckte den jungen und doch immer lustigen Peter gerne: »Peter, soll ich dich auf der

Schloapfe zur Bergmahd ins Weitental hinauftragen?« Jedes Mal, wenn der junge und unerfahrene Peter einen noch so kleinen Fehler machte, lachten die Hohenhauser Knechte und nannten ihn »den patscherten Peter«, den ungeschickten Peter.

Das Fachtl wog oft 100 Kilo und mehr.

Hermann und die erfahrenen Knechte konnten den Peter gut leiden, weil er ihre Sticheleien mit

Humor aufnahm und selbst gerne mitlachte. Doch ihm wurde schnell bewusst, dass er in dieser harten Umgebung keine Zukunft haben würde und nach Patsch gehöre, wo er aufgewachsen war und wo er irgendwann den elterlichen Hof übernehmen könnte.

Moidl war wenig überrascht, als er ihr mitteilte, dass er die Arbeit nicht leisten könne: »Moidl, es tut mir leid, aber ich möchte wieder nach Hause. Hier komme ich einfach nicht zurecht.«

Moidl mochte Peter sehr und hatte Verständnis für ihn. Sie hatte gesehen, wie er sich abplagte und wie ihn die Knechte belächelten. Insgeheim hatte sie schon vor den Probearbeiten gewusst, dass er mit den Knechten nicht würde mithalten können. Sie hatte dem Wunsch ihrer verstorbenen Schwester nachkommen wollen, war aber froh, dass Peter von sich aus erkannte, dass seine Zukunft am elterlichen Noarerhof im Wipptal lag.

Der Gedanke, dass sie die Letzte am Hof lebende Hohenhauserin war und keine leiblichen Nachkommen hatte, lastete nun wieder umso schwerer auf Moidl. Sie merkte, wie die früher so leichten Arbeiten immer mühsamer für sie wurden. Oftmals musste sie sich zwischen ein paar Handgriffen hinsetzen und rasten. Dabei haderte sie wegen des unglücklichen Umstandes, dass der Hohenhauserhof dreimal in gleicher anstatt an die nächste Generation übergeben werden musste.

Jetzt war es ihre Aufgabe, das Anwesen schnellstmöglich in die nächste Generation zu führen, was zu ihrem Leidwesen in eigener Linie nicht möglich war. Seit Menschengedenken, seit vielen Jahrhunderten, gehörte der Hof immer der gleichen Familie. Ausgerechnet sie, die 78-jährige Moidl, würde ihn an einen nicht Blutsverwandten übergeben.

Immer wieder sagte sie zu sich selbst: »Der Familienname muss dem Hof erhalten bleiben, das bin ich meinen Vorfahren schuldig!«

Hermann und Anna

Wieder tobte ein Krieg in Europa. Nur noch Frauen, Alte und Kinder waren im Ort. Eine Ausnahme gab es für Hoferhalter, die vom Kriegsdienst befreit wurden. Den Hohenhauserhof bewirtschafteten Moidl, Emma und Hermann, er galt als Hoferhalter. Das Leben war mühsam, es fehlte an allem, besonders aber an Arbeitskräften.

Schon seit längerer Zeit traf sich Hermann mit der Nennertochter Anna. Beide waren sich einig, dass sie ihren Lebensweg gemeinsam meistern wollten. Um Vorsprache für eine mögliche Hochzeit zu halten, ging Hermann zu Annas Vater, dem legendären Nen-Simal. Der über zwei Meter große Riese ragte weit über alle Tuxertaler Köpfe, aber er war auch eine besondere Persönlichkeit, vor der Hermann und alle Talbewohner großen Respekt hatten. Das hatte auch mit seiner Audienz beim Kaiser zu tun, auch wenn die schon fast dreißig Jahre zurücklag.

Bei dem Gedanken, den Simal um Annas Hand bitten zu müssen, hatte Hermann kein gutes Gefühl. Er fürchtete eine Absage, weil er nur ein einfacher, wenn auch angesehener Knecht war.

Hermann nahm allen Mut zusammen und ging zu Simal in den Stall. Nach einer kurzen Begrüßung fragte er den Bauern in seiner direkten Art, ob er einverstanden sei, dass Anna und er heirateten.

Die Nennerfamilie Tipotsch mit Vater Simal (Anna ist die Fünfte von links)

Simal stellte die Mistschaufel zur Seite und schaute den Hohenhauser Knecht mit ernster Miene an. Hermann war groß und kräftig gebaut, doch Simal überragte ihn bei Weitem. Die Stille war bedrückend, es schien eine Ewigkeit zu vergehen, bevor Simal die Frage beantwortete.

»Als Knecht kannst du keine Familie ernähren. Sieh zu, dass du der nächste Hohenhauserbauer wirst.«

Simal drehte sich um, er nahm die Mistgabel zur Hand, als ob er damit ausdrücken wollte, dass es ihm nicht recht sei, wenn seine Tochter mit einem Knecht verkehrte. Mit gesenktem Haupt verließ Hermann den Stall.

Moidl hatte schon gehört und mit eigenen Augen gesehen, dass sich zwischen Hermann und Anna etwas anbahnte. Sie musste schnell mit ihm reden, weil ihre ergebene und treue Magd Emma angedroht hatte, den Hof zu verlassen, sobald Hermann mit einer anderen käme.

Nach der Feldarbeit kam Hermann zum Hauseingang, Moidl stellte sich ihm in den Weg. »Hermann, ich werde dir den Hof übergeben, aber nur wenn du die Emma heiratest. Sie ist schon lange bei uns und die beste Magd, die wir je hatten. Du musst sie heiraten, dann bist du der Hohenhauserbauer.«

Hermann war wie vom Blitz getroffen und sah sich schlagartig in einer ausweglosen Situation. Er hatte Anna sein Wort gegeben und bereits bei ihrem Vater angefragt. Annas Vater hatte gesagt, dass er einer Heirat nur dann zustimmen wolle, wenn er der Hohenhauserbauer würde. Genau diese Möglichkeit hatte er jetzt – aber nur wenn er Emma heiratete. Was sollte er tun?

Hermann wusste, es ging um alles oder nichts. Er musste für seine Liebe kämpfen und mit viel Fingerspitzengefühl vorgehen.

»Moidl, ich danke dir für alles, was du für mich getan hast. Ohne dich wäre ich vielleicht nicht mehr am Leben«, begann er vorsichtig und rückte dann mit der Wahrheit heraus: »Aber ich habe mich für die Anna vom Nennerhof entschieden. Und ich habe schon mit ihrem Vater geredet. Er ist nur dann einverstanden, wenn ich Bauer werde. Als Knecht kann er mir die Anna nicht geben.«

Moidl zuckte zusammen, ging einen Schritt zur Seite und setzte sich auf die Bank vor dem Haus. Ihr Blick heftete sich starr auf den Hintertuxer Gletscher, wo sich gerade in diesem Moment der Olperer in Wolken hüllte. Es war, als wollte der Berg den beiden kundtun, dass Ungemach auf sie zukommen würde.

Hermann ging zum Brunnen, schaufelte sich mit seinen großen Händen Wasser ins Gesicht und trocknete sich mit seinem Hemd ab. Er sah Moidl von oben bis unten an. Sie war seine Ziehmutter, der man an ihrer krummen Statur und den mit Furchen überzogenen Händen die lebenslange harte Arbeit nur zu deutlich anmerkte.

Hermann setzte sich neben sie und fragte leise: »Moidl, was sagst du dazu?«

Nach einer Weile antwortete sie klar und überlegt: »Du bist kein richtiger Hohenhauser, du bist nur mein Ziehsohn. Seit Menschengedenken gehört der Hof den Hohenhausern. An den meisten Hintertuxer Höfen haben sich die

Familiennamen geändert, nicht im Hohenhaus. Hier war immer ein Wechselberger der Besitzer. Immer wurde in unserer Linie an die nächste Generation übergeben. Und nun soll ausgerechnet ich an einen Profer vererben? Ich kann den Hof genauso gut einem jungen Hesser, Willeiter, Jörgler oder Kössler geben, wenn du die Emma nicht heiraten willst.«

Hermann war entsetzt, er wusste nicht, was er darauf antworten sollte. War sein Traum von einer Hochzeit mit Anna geplatzt? Würde er sein Leben lang Knecht bleiben, ohne die Möglichkeit auf Heirat und eine eigene Familie?

Anna war aus gutem Haus, fesch, fleißig und besonders zielstrebig. Sie arbeitete am elterlichen Hof und im »Nen-Laden«. Dieses einzige Geschäft in Hintertux gehörte ebenso ihrer Familie. Zusätzlich verdiente sie Geld beim Badgasthof, wo sie als Näherin und Wäscherin tätig war. Die »Nen-Anna« war so fleißig, dass sie sich mit ihrem ersten Jahreslohn eine eigene Nähmaschine kaufen konnte, was der ebenso fleißigen Moidl allen Respekt abrang.

Beide saßen auf der Bank und sprachen kein Wort. Moidl wurde in diesen Augenblicken klar, dass sie Hermann nicht dazu bringen würde, Emma zu heiraten.

Nach einer Weile sprach sie ihren Ziehsohn wieder an. Leise und gebrochen war ihre Stimme jetzt, nicht mehr laut und bestimmend wie zuvor:

»Hermann, du warst immer fleißig, wir hatten selten Streit.« Sie atmete noch einmal tief durch und überlegte ganz genau, ehe sie sich zu dem Satz durchrang: »Gut, ich übergebe dir den Hof, eine Bedingung habe ich aber …« Wieder atmete sie tief durch und fuhr fort: »Der Familienname muss dem Hof erhalten bleiben, du musst ihn annehmen. Das bin ich meinen Vorfahren schuldig. Und vielleicht überlegst du es dir noch einmal mit der Emma. Die Nennerin ist fesch und fleißig, sie wird schon einen anderen finden.«

Hermann war zutiefst berührt, demütig und erleichtert zugleich. Er musste sich fassen und schaute tief in ihre traurigen Augen. »Du und Tumml …, ihr habt mich aufgenommen, erzogen und einen anständigen Menschen aus mir gemacht. Ihr habt mir zu essen, ein Bett und ein Zuhause gegeben. Du warst wie eine Mutter zu mir, dafür bin ich ewig dankbar. Ich verspreche dir, dass ich den Hof in deinem Sinne weiterführen und den Namen Wechselberger mit ganzem Stolz tragen werde.«

Weil sich Hermann nicht sicher war, ob Moidl alles richtig aufgenommen hatte, fuhr er fort: »Bitte verstehe auch, ich habe der Anna mein Versprechen gegeben. Du hast mich gelehrt, dass man sein Wort halten muss, gleich was passiert.«

Moidl nickte wortlos, und Hermann wusste, dass sie mit seiner Entscheidung einverstanden, wenn auch nicht zufrieden war.

Nun hielt es ihn nicht mehr auf der Bank. Mit der freudigen Botschaft rannte er hinunter zum Nennerhof, zu seiner Anna, um ihr von dem Gespräch zu berichten.

»Anna, Anna, stell dir vor, Moidl wird mir den Hof übergeben, und sie will, dass ich ihren Namen annehme! Ich habe ihr gesagt, dass ich zu meinem Wort stehen werde.«

Anna kamen vor Glück die Tränen. Sie war zutiefst berührt. »Komm, wir gehen zu meinen Eltern und überbringen die gute Nachricht«, brachte sie mit zittriger Stimme gerade noch heraus.

Wie es der Anstand verlangte, gingen Hermann und Anna zu ihren Eltern, um nochmals anzufragen, ob sie nun heiraten dürften. Die Bedingung, dass Hermann Hohenhauserbauer werden müsse, war erfüllt. Annas Eltern, Simal und Andl, sagten freudig zu. Sie waren stolz darauf, dass eine Nennertochter die zukünftige Hohenhauserbäuerin sein würde. Die Hohenhauser und Nenner waren immer schon gute Nachbarn, die Felder grenzten vielfach aneinander. In Zukunft würde man noch besser zusammenarbeiten.

Vergessen war die schwere Zeit, als die Hintertuxer Hermann aus dem Weg gingen, weil er elternlos war und weil sie ihn wegen seines derben Höttinger Dialektes nicht als einen der Ihren ansahen. Mit dem Einverständnis seines zukünftigen Schwiegervaters, des Nen-Simal, wurde aus dem Koatlackler Knecht der »Hohenhaus-Hermann«. Nun war er ein echter Hintertuxer.

Natürlich musste nun auch Moidl, Hermanns Ziehmutter, gefragt werden. Es war kein leichter Weg, Hermann wusste zu genau, dass Moidl nicht gut auf seine Anna zu sprechen war.

Mit einem mulmigen Gefühl gingen die beiden hinauf zum Hohenhaus. Moidl und Emma saßen auf der Bank vor dem Hof. Als Emma die beiden erblickte, huschte sie schnell in das Haus hinein. Moidls ablehnender Blick kam Anna förmlich entgegen, als sie sich dem Hof näherte. Hermann und Anna setzten sich zu Moidl auf die Bank.

»Moidl, ich möchte dich fragen, ob du einverstanden bist, dass wir heiraten.«

Wieder sah die Hausherrin mit starrem Blick zum Gletscher hinauf, überlegte kurz und ließ Anna spüren, dass sie sich eine andere Schwiegertochter gewünscht hätte.

Wie wenn Anna gar nicht da wäre, antwortete sie schließlich: »Wenn's a rechter Mensch ist, dann soll es so sein.«

Emma ahnte, weswegen die beiden gekommen waren, und lauschte im Gang hinter der Tür. Nun fasste sie allen Mut, ging schnellen Schrittes vor das Haus und stellte sich neben Moidl, Anna und Hermann. »Moidl, ich habe dir gesagt, wenn eine andere kommt, dann gehe ich. Und ich werde nicht warten, bis sie einzieht.«

Emma rannte zurück ins Haus, hinauf in die Kammer, und packte ihre Sachen zusammen. Ein paar Minuten später kam sie weinend und zutiefst enttäuscht zu Moidl in die Küche, die gerade das Essen für die Angestellten vorbereitete. »Moidl, ich danke dir, du warst immer gut zu mir. Ich gehe heim zu meinem Bruder nach Großvolderberg. Falls du irgendwann hier kein Auskommen mehr hast, kannst du gerne nachkommen. Platz haben wir genug am Schwoagahof, weil zwei meiner Brüder im Krieg gefallen sind.«

Moidl war für Emma eine Mutterfigur. Nichts hätte sie sich sehnlicher gewünscht, als ihre Schwiegertochter und Hohenhauserbäuerin zu werden. Auch Moidl kamen die Tränen, war doch Emma ihre beste Magd gewesen, die alles für sie getan hatte. In den vielen dunklen Stunden hatte sie sie getröstet, in Krankheit gepflegt und ihr immer geholfen, wenn sie in Not war.

Moidl flehte sie an: »Emma, bleib halt hier, es soll dir an nichts fehlen.«

Emma ließ sich nicht überreden, verließ den ihr ans Herz gewachsenen Hohenhauserhof und ging mit ihrem rupfenen Sack die steile Gasse ins Dorf hinab.

Auch wenn Emmas Verhalten an diesem Tag die Stimmung trübte – Anna und Hermann waren froh, dass Moidl eingewilligt hatte. Nur mit der Zusage der Eltern konnte es eine glückliche Ehe werden.

Tagelang gingen Hermann die Gespräche mit seiner Ziehmutter nicht aus dem Kopf. Wenn er ihren Namen annehmen sollte, dann musste ihn Moidl adoptieren. Ihn, den elternlosen einstigen Hirten, den Knecht, den Koatlackler, den Moidl aus Mitleid und wegen fehlender Arbeitskräfte am Hof an Kindes statt angenommen hatte. Er würde zukünftig der Hohenhauserbauer und ein Wechselberger sein. Natürlich hatte er Glück, dass keine direkten Nachkommen am Hof waren und der Patscher Peter nicht übernehmen wollte, aber Moidl hätte den Hof genauso gut an einen der fleißigen Hintertuxer Bauernsöhne übergeben können, was sie nicht tat. Auch wenn Hermann keine Blutsverwandtschaft aufweisen konnte, war er der festen Überzeugung, dass in ihm die Seele der Hohenhauser weiterleben würde. Tumml hatte ihn zum folgsamen und anständigen Knecht erzogen, von ihm hatte er alle Arbeiten erlernt. Moidl prägte seinen Charakter, erzog ihn zur Ehrlichkeit und lehrte ihn den Umgang mit Menschen. Hermann hatte schnell den Tuxer Dialekt und das Wesen seiner Zieheltern angenommen, er hatte sich angepasst und wollte beweisen, dass er den Hof genauso gut führen und weiterentwickeln könnte.

Moidls innere Zerrissenheit

Anna war sich ihrer Pflicht bewusst. In ein paar Monaten würde sie heiraten, im Hohenhaus einziehen und mit Moidl, der Altbäuerin zu Hohenhaus, unter einem Dach leben. Anders als in ihrem Elternhaus waren am Hohenhauserhof über viele Jahrzehnte keine Veränderungen vorgenommen worden. Auch am Hesserhof, wo ihre jüngere Schwester Frieda verheiratet war, wurde ständig vergrößert, modernisiert und renoviert. Im Hohenhaus hingegen gab es immer noch die Rauchküche mit der offenen Feuerstelle. So wie vor Hunderten Jahren wurden Speck und Würste zum Selchen an die Küchendecke gehängt. Der junge Speck tropfte ständig auf den Boden. Wenn man ihn streifte oder nur unten durchging, hatte man das Fett auf dem Kopf oder den Schultern. Nicht einmal einen winterfesten Hühnerstall gab es im Hohenhaus. Damit die Hennen nicht erfroren, kamen sie über eine Hühnerleiter in die warme Küche. Rundherum war vom offenen Feuer alles pechschwarz ausgebrannt, ständig hatte man Rauch in der Nase, und durch die zwei kleinen Fenster kam nur wenig Licht.

Anna musste die gute Gelegenheit nutzen und dem in Freude schwelgenden Hermann eine Bitte abringen: »Hermann, im Nennerhof haben wir längst einen Herd, und die Hennen haben einen eigenen, winterfesten Stall. Ich möchte in kein Haus mit einer Rauchküche einziehen, wo die stinkenden Hennen ein und aus gehen.«

Nun hatte Hermann eine neue Sorge. Er wusste genau, dass Moidl keine Veränderungen zulassen würde. Ein Umbau der Küche und ein neuer Herd kämen für sie niemals in Frage. Auch wenn er bald der Bauer wäre und frei entscheiden könnte, gegen den Willen von Moidl wollte er sich nicht auflehnen.

Moidl hatte sich ihre letzten Lebensjahre anders vorgestellt. Zu Emma hatte sie Vertrauen, mit ihr konnte sie jederzeit ein gutes Gespräch führen, sie war wie eine Tochter. Nach ihrem Auszug fühlte sich Moidl einsam und verlassen. Und nun würde diese Nennerin ins Haus kommen, die gut aussah und fleißig war, aber ihren eigenen Kopf hatte. Moidl würde ihr wohl nie verzeihen, dass sie die Emma vertrieben hatte.

Noch vor der Hochzeit adoptierte Moidl Hermann, damit seine zukünftige Frau und mögliche Kinder den Namen Wechselberger tragen würden. Zugleich überschrieb sie ihm ihr gesamtes Anwesen: das Bauernhaus, den Hof mit dem Heimstall, die Feldställe, die weitläufigen Bergmähder im Weitental und auf der Schafalm. In ihrem Nachlass hatte Moidl auch die Emma bedacht. Sie erhielt die stattliche Summe von 2000 Reichsmark. Und auch den Patscher Peter hatte sie nicht vergessen. Ihrem Patensohn überließ sie eine Kuh »aus der Mitte« des Hohenhauser Stalles.

Hochzeit von Anna und Hermann (1940)

Nach der Heirat sprachen Hermann und Anna bei Moidl vor. Sie musste schließlich wissen, dass die Küche umgebaut und anstelle der offenen Feuerstelle ein Herd eingebaut würde.

Moidl war außer sich und schimpfte: »Seit Hunderten von Jahren war die Rauchküche gut genug, und jetzt kommt eine Nennerin daher und will einen Herd! Hättest du auf mich gehört und die Emma genommen, dann bräuchten wir kein modernes Zeug, das wir ohnehin nicht bezahlen können!«

Moidl war zutiefst beleidigt, weil sich Anna, die zielstrebige Nennerin, gegen ihren Widerstand durchsetzen konnte. Hermann war der Hohenhauserbauer und hatte die Entscheidungen zu treffen, auch wenn ihm das gegen den Willen seiner Adoptivmutter schwerfiel.

Das Verhältnis zwischen Hermann und Moidl verschlechterte sich, weil er immer hinter seiner Anna stand und ihr in allem recht gab. Anna beklagte sich, weil es beinahe jeden Tag halbverbrannte geröstete Erdäpfel gab, die von Moidl mit viel zu viel Fett angebraten wurden. Die Stimmung war gereizt, Moidl platzte immer öfter der Kragen.

»Ab jetzt kannst du selber kochen«, schimpfte sie Anna entgegen. »Ich bin gespannt, ob du es besser kannst.«

Hermann stand zwischen den beiden Frauen, musste ständig schlichten. »Moidl, bitte versteh, dass sich die Zeit geändert hat. Anna ist modern, den Herd werden wir uns schon leisten können.«

Auch Anna war oft ungehalten. Immer wieder musste sie sich mit Moidl auseinandersetzen, oft wegen Kleinigkeiten, was sie besonders ärgerte: »Moidl, warum darf ich den Hausgang nicht mit Wasser herausbürsten? Nur weil du ihn immer nur gekehrt hast? Ich möchte ein sauberes Haus!«

Beinahe jeden Tag ging es hin und her, Hermann redete mal mit Anna, dann wieder mit Moidl unter vier Augen, um Einheit und Frieden herzustellen.

Moidl erinnerte sich an die Verabschiedung von Emma, die ihr zu verstehen gegeben hatte, dass sie nach Großvolderberg nachkommen könne, wenn sie im Hohenhaus keinen Platz mehr hätte.

Nach einem neuerlichen Streit mit Anna schrie sie wutentbrannt in die Küche: »Zuerst will diese Nennerin einen neuen Herd, der alte Holzboden muss auf einmal geschrubbt werden, der Speck darf nicht mehr an der Küchendecke hängen. Ich habe genug gesehen, ich ziehe zur Emma. Meinen Kasten und die Truhe lasse ich von einem Fuhrmann abholen. Mit euch will ich nichts mehr zu tun haben!«

Moidl ging in ihre Kammer und packte ein paar Sachen ein. Zum ersten Mal in ihrem langen Leben wollte sie nur noch weg von diesem Haus, weg von der Schwiegertochter und dem Ort, der ihr beinahe ihr ganzes Leben lang Unheil gebracht hatte. Dennoch war sie wehmütig und traurig, als sie sich noch einmal im Haus umsah, ein letztes Mal in die dunkle Küche schaute, wo das alte Kruzifix im Hergottswinkel hing und das offene Feuer knisterte. Sie drehte sich in alle Richtungen, ging vor das Haus, zu den Bienenkörben, schaute ein letztes Mal in den Stall hinein und zuletzt noch hinauf zum schimmernden Gletscher.

Hermann und Anna waren überrascht, aber auch erleichtert, weil sie wussten, dass sich ihr Verhältnis zu Moidl nicht mehr bessern würde.

Hermann nahm das Gepäck und ging mit seiner Ziehmutter durch die steile und vom Wasser tief ausgeschwemmte Weite Gasse hinunter ins Dorf.

Erst seit Kurzem fuhr das Postauto bis nach Hintertux, ein langer Fußweg nach Lanersbach oder über das Tuxer Joch blieb der alten Frau erspart. Direkt vor dem Nenner stand immer noch der riesige Rohbau der »Dr.-Dollfuß-Gedächtniskirche«, weshalb das Postauto nur vor dem Badgasthof wenden konnte.

Moidl war nicht wohl, sie wusste nicht, was sie am Großvolderberg erwartete: »Hermann, ich gehe ungern. Ich bin hier geboren und wollte auch hier sterben. Aber mit der Anna hat sich viel geändert, und mit einem neuen Herd kann ich auch nichts anfangen. Die Emma ist die Einzige, mit der ich reden kann.«

Hermann plagte sein Gewissen: »Moidl, du weißt, dass du jederzeit wiederkommen kannst, wenn es dir bei der Emma nicht gefällt. Ich wünsche dir, dass du noch viele Jahre gesund bleibst und uns bald besuchen kommst.«

Er musste sich beherrschen, als sie in den Bus einstieg und ihm einen letzten Blick aus dem

Fenster schenkte. Würde es wie beim Tumml der letzte Abschied sein?

Hermann baute die Küche um, verschlug die schwarze Holzdecke mit Heraklit und verputzte sie mit weißer Kalkfarbe. Auf den abgetretenen Küchenboden kam eine Magerbetonmischung, die die Unebenheiten ausglich. Dann riss er die offene Feuerstelle heraus und baute einen Eisenherd ein. Er zimmerte lange Bänke, die wie in der alten Küche fast um den ganzen Raum liefen.

Eine neue Generation

Am 28. August 1940 gebar Anna ein gesundes Mädchen, das auf den Namen Wilhelmine getauft wurde. Hermann bestand auf diesen Namen, weil sein im Ersten Weltkrieg gefallener Bruder Wilhelm geheißen hatte. Ebenso hieß eine seiner Schwestern Wilhelmine, auch wenn sie von allen Mina genannt wurde. Hermanns Vater war ein großer Verehrer von Kaiser Wilhelm I. gewesen.

Die kleine Wilhelmine wurde von allen Willa oder Wilma genannt und hatte strubbelige blonde Haare. Lange Zeit war kein Kind mehr am Hohenhauserhof gewesen. Wilma hellte die Stimmung in dieser tristen Kriegszeit merklich auf.

Eines Morgens brachte der Postbote einen Brief, adressiert an die Geschwister Wechselberger zu Hohenhaus. Er kam aus Amerika, aus Colorado.

Hermann und Anna staunten ungläubig, dass nach so langer Zeit wieder ein Brief aus diesem fernen Land kam. Sie entschlossen sich, den Brief im Beisein des Postboten zu öffnen.

Anna war aufgeregt und neugierig: »Sind Bilder drin? Hermann, mach ihn endlich auf.«

Voller Spannung nahm Hermann ein Schreiben teils in deutscher, teils in englischer Sprache aus dem Kuvert. Bild fand sich keines, dafür aber ein ausgeschnittener Zeitungsbericht. Der Postbote kannte die englische Sprache, langsam begann er zu übersetzen:

Liebe Geschwister meines Vaters!
Ich hoffe, dass noch einige von euch am Leben sind. Mein Vater Josef Wechselberger hat mir zu Lebzeiten aufgetragen, dass ich zehn Jahre nach seinem Tod einen Brief an euch schicken muss. Erst dann solltet ihr erfahren, dass er gestorben ist.

Ich bin Margaret, die einzige Tochter von Josef Wechselberger. Euer Bruder, mein Vater, ist leidvoll in unserem Bauernhof umgekommen. Ich war zu diesem Zeitpunkt schon verheiratet und lebte in der Stadt. Ich lege einen Zeitungsbericht bei, der alles erklärt. Vielleicht kann ihn jemand übersetzen. Ich bin mit John Walker Cole verheiratet und habe sechs Töchter.

Lebt wohl!
Margaret Cole, geborene Wechselberger

Der Postbote übersetzte noch den Zeitungsbericht, der die Not und das Leid von Sepp zum Vorschein brachte. In einem sehr kalten und schneereichen Winter hatten seine Tiere kein

Futter mehr und waren am Verhungern. Seine Frau hatte sich beide Füße erfroren, die Retter kamen durch den hohen Schnee kaum zu der abgelegenen Ranch durch, und Josef hatte sich geweigert, sein Haus zu verlassen.

Anna, Hermann und der Postbote wussten nicht, was sie sagen sollten. Es war still, alle waren in Gedanken.

»Zum Glück hat Moidl den Brief nicht bekommen, sie wäre vor Kummer gestorben«, meinte der Postbote.

Hermann war erschüttert und enttäuscht. Wie gerne hätte er diesen mutigen Sepp kennengelernt! Ein Hohenhauser, der es zu etwas gebracht hatte, so hatte es ihm Moidl immer erzählt. Und doch hatte der Sepp im Endeffekt kein Glück gehabt, er war qualvoll umgekommen.

Hermann nahm dem Postboten das Versprechen ab, niemandem davon zu erzählen. Moidl dürfe es nie erfahren. »Es würde sie umbringen. Sepp war ihre Hoffnung, ihr ganzer Stolz. Für sie würde eine Welt zusammenbrechen, wenn man ihr die Wahrheit erzählte. Das hat sie nicht verdient.«

Immer noch wütete der Zweite Weltkrieg in ganz Europa, immer mehr Opfer gab es zu beklagen. Einige Hintertuxer, wie der Hessersohn Rudl und Hermanns Schwager, der junge

Nen-Michl, waren bereits gefallen. Die Alten wünschten sich sehnlichst die Monarchie zurück. Hermann hingegen war zunächst ein Anhänger der damals verbotenen österreichischen Nationalsozialisten gewesen, wie viele junge Tuxer. Doch er hatte nicht geglaubt, dass dieser Adolf Hitler einen Krieg anzetteln würde. Mit dem ersten Kriegstag wendete er sich schwer enttäuscht von dieser Partei ab.

An der neuen Kirche war wegen Geldmangels und fehlender Arbeitskräfte seit Jahren nicht weitergebaut worden. Die Nenner-Familie war froh darüber. Ein Tuxer informierte den von den Nationalsozialisten eingesetzten Gauleiter Franz Hofer darüber, dass das Gotteshaus zur Erinnerung an den Nazi-Gegner Dollfuß erbaut wurde. Daraufhin schickte Hofer ein Sprengkommando mit dem Auftrag, die Kirche am frühen Morgen des Rosenkranzsonntags, des ersten Sonntags im Oktober, dem Erdboden gleichzumachen.

Bis nach der Mittagsstunde dauerten die zahlreichen Sprengungen. Der Boden bebte, die Hintertuxer mussten in ihren Häusern bleiben. Als es ruhig wurde, kamen alle auf den Dorfplatz. Der ganze Ort war in eine Staubwolke gehüllt, es roch nach Schießpulver.

Die Soldaten vom Sprengkommando standen ratlos vor der Kirche, weil der harte Stahlbeton weitgehend standgehalten hatte.

Der Nenner-Vater Simal grübelte, während er nach den heftigen Explosionen mit seinem Gehstock aus der Küche hinaushumpelte: ›Meine Frau Andl ist gestorben, und nun auch noch mein Sohn Michl im Krieg gefallen. Ist das die Strafe Gottes, die mir Pfarrer Schröckhuber nach der Verunstaltung der Kirche angekündigt hat? Sind wir mit unserem Protest doch zu weit gegangen? Werden meine beiden anderen Söhne aus dem Krieg zurückkehren, oder straft mich der Herrgott ein weiteres Mal?‹

Simal ging um den Nennerhof, um zu sehen, ob die Kirche noch stünde. Er war überrascht, dass fast nichts geschehen war. Man sah nur ein paar kleine Löcher. Der Sprengmeister nahm seine Militärkappe ab und rieb sich die Augen: »Die Sprengung von diesem harten Eisenbeton ist schwieriger als gedacht.«

Er befahl seinen Männern, noch eine Ladung anzubringen. Auch dieser Versuch bewirkte nicht viel, sodass die Soldaten unverrichteter Dinge auf ihren Lastwagen stiegen und versicherten, dass sie am nächsten Sonntag wiederkämen und dann von der Kirche nichts mehr vorhanden wäre.

Aber auch am nächsten Sonntag konnte trotz ausgiebigem Bemühen nur der Turm umgelegt werden. Erst nach dem dritten Sonntag und unzähligen Sprengungen lagen endlich die letzten Mauern. Am ganzen Dorfplatz türmten sich die mit Eisenstangen durchzogenen Betonklumpen. Die Kösslermutter fragte die Soldaten, was mit dem Riesenhaufen geschehen solle. Sie bekam vom Sprengmeister nur die kurze Antwort: »Wir haben euch den Gefallen getan und diesen Betonklotz gesprengt. Zusammenräumen müsst ihr schon selber.«

Das Sprengkommando vor den Resten der Dollfuß-Gedächtniskirche

Mit bloßen Händen, Karren und Wagen wurde der Dorfplatz von den schweren Trümmern befreit. Bis zum Wintereinbruch war endlich der letzte Betonklumpen weggeräumt.

Überraschungsbesuch

Anna, Hermann und Wilma waren alleine am Hof, die Knechte im Krieg, eine Magd konnte man sich nicht leisten.

In letzter Zeit erzählte Hermann viel über Moidl, Tumml und die alten Hohenhauser. Erst jetzt konnte Anna einschätzen, was Moidl geleistet hatte und welchen Mut sie aufbringen musste, als sie Hermann ohne das Wissen ihres Bruders vom Steinacher Markt einfach mitgenommen hatte. Aufgrund dieser Erzählungen bekam Anna eine große Hochachtung vor der mittlerweile 81-jährigen Moidl, die vor zwei Jahren im Unfrieden ausgezogen war und seither bei ihrer ehemaligen Magd am Großvolderberg lebte.

Hermann schrieb Moidl regelmäßig Briefe, erzählte über die Mühen am Hof, über Anna, Wilma und seine Sorgen wegen des Krieges.

Im September 1942 kam auch für den Hohenhauserbauern der Einberufungsbefehl zur Deutschen Wehrmacht. Vor dem Eintritt in den Kriegsdienst wollte er unbedingt noch einmal seine Adoptivmutter Moidl sehen. Auf Hermanns Wunsch schrieb Anna an die Moidl und teilte ihr mit, dass ihr Mann an die Kriegsfront müsse und er sie unbedingt noch einmal sehen wolle.

Moidl war überrascht, dass Anna sie einlud, und sagte freudig zu. Gerne wolle sie noch einmal in ihren geliebten Hohenhauserhof zurückkehren. Dorthin, wo ihre Wiege stand, an den Ort, wo ihre Eltern und Vorfahren geboren wurden. Ihr Leben lang hatte sie dort gearbeitet, zuerst mit ihrem Vater, dann unter ihren Brüdern Franz und Tumml, zuletzt vier lange Jahre als eigenständige Bäuerin. Sie wollte Hintertux noch einmal sehen und war gespannt, wie es ihrem Adoptivsohn Hermann, seiner Frau Anna und der kleinen Wilma erging.

An der Bushaltestelle wartete Hermann auf die Ankunft seiner Adoptivmutter, der legendären »Hohenhaus-Moidl«. Wie mochte sie wohl aussehen? War sie noch bei guter Gesundheit? Kam sie vielleicht zusammen mit Emma?

Der Bus hielt an. Hermann sah sie schon durch das Fenster. Alle Fahrgäste stiegen aus, Moidl war die Letzte. Hermann war erleichtert, dass Emma nicht mitgereist war, weil er zuletzt kein gutes Verhältnis zu ihr gehabt hatte.

Er stützte Moidl beim Aussteigen und hielt ihre Hand.

Die alte Frau brach in Tränen aus: »Hermann, ich freue mich so, dass mich die Anna eingeladen hat und ich noch einmal hier sein kann.«

Auch Hermann konnte seine Rührung kaum verbergen. »Moidl, ich freue mich auch, dass du gesund bist und kommen konntest.«

Er nahm ihre Tasche und führte sie durch die steile Gasse hinauf zum Hohenhaus. Einige Hintertuxer kamen des Weges und grüßten sie freundlich. Der Hesser-Ludwig lachte sie an und sagte: »Moidl, du bist wieder hier, sind dir die Felder am Großvolderberg zu steil?«

Moidl lachte und freute sich, die altbekannten Hintertuxer wiederzusehen.

Irgendwie sah sie anders aus als früher. Damals hatte sie immer fettige Haare vom Speck, der von der alten Küchendecke herabtropfte. Jetzt trug sie einen sauberen dunklen Rock und die helle Weste mit den schönen Zopfmustern, die ihr einst die Doktorin geschenkt hatte. Diese Weste zog sie nur zu besonderen Anlässen an, und dieser Tag war für sie, aber auch für Hermann ein ganz besonderer Anlass.

Doch war Moidl nicht mehr dunkelbraun gebrannt, sie schien eher blass und eingefallen.

Anna hielt die kleine Wilma im Arm und ging den beiden entgegen. Vom ersten Augenblick an schien die Vergangenheit vergessen. Moidl freute sich, ebenso wie Anna, sichtlich über das Wiedersehen. Auf der Bank vor dem Haus erzählte die alte Hohenhauserin von der erlebnisreichen Anreise. Es gehe ihr gut bei Emma, auch wenn sie am Schwoagahof viel arbeiten müsse, weil die

Söhne und Knechte im Krieg seien. »Die Heumahd ist vorbei, deshalb kann ich ein paar Tage bleiben«, fügte sie hinzu.

Anna spürte vom ersten Augenblick an, dass sie neben einer Frau mit gutem Herz und klarem Verstand saß. Gerne nahm sie sich Zeit für die Moidl. Schließlich war es die Frau, die Hermann ein geregeltes Leben ermöglicht, und gleichzeitig die Hohenhauser Altbäuerin, die ihm den Hof vererbt und so ihre Heirat ermöglicht hatte.

Moidl musste Trauriges von ihrem Bruder Georg berichten. Im April hatte sie ihn noch in der Irrenanstalt in Hall besucht, im August wurde er nach Linz überstellt und dort von den Nazis ermordet. Moidl erzählte unter Tränen: »Er hat Schlimmes angerichtet, aber was auch immer er getan hat, das hat er nicht verdient. 21 Jahre war er in der Irrenanstalt eingesperrt. Tumml hätte ihn so gerne nach Hause geholt, mehrmals hatte er Anträge gestellt, aber wiederholt hat die Leitung der Anstalt eine Entlassung abgelehnt. Und nun haben sie ihn ermordet, und ich bin als die Zweitälteste die einzige noch lebende Hohenhauserin meiner Generation.«

Die Zeit schritt voran, und langsam verabschiedete sich die Sonne hinter der Frauenwand. Es wurde kalt, und Anna zeigte Moidl die neue Küche. Die Schränke und die Decke waren weiß, der Boden hell, im Eck hinter der gemütlichen, fast umlaufenden Bank hing das Kruzifix, das schon in der alten Küche den Herrgottswinkel zierte. Erfreut sah Moidl im Wandregal die Flasche mit dem Gofrachwasser, das sie noch vor ihrem Auszug zubereitet hatte, und an der Wand das Sterbebild ihres Neffen Franz, das sie in einem Bilderrahmen gefasst und reich verziert hatte.

Zum Erstaunen von Anna und Hermann bemerkte Moidl: »Beim Schwoagahof sind sie sehr modern. Dort haben wir auch einen Herd, weil er viel weniger Holz verbraucht als eine offene Feuerstelle. Und rauchen tut er auch nicht. Den würde ich nicht mehr hergeben!«

Hermann und Anna sahen einander an und fragten sich, ob sie wohl noch wüsste, warum sie ausgezogen war.

Moidl lächelte und fuhr fort: »Und eine Badewanne haben wir auch. Durch den Herd führt eine Leitung und bringt das warme Wasser in die Wanne. Gestern habe ich zum ersten Mal in meinem Leben gebadet. Wenn ich gewusst hätte, wie sauber man da wird, … dann hätten wir im Hohenhaus schon längst eine Wanne.«

Nun wussten Hermann und Anna, warum Moidl so sauber und gepflegt war. Früher roch sie beinahe wie eine Speckseite, nun nach duftender Kernseife.

Alle drei schauten sich an und lachten zusammen. Moidl schien anders zu sein, aufgeweckter und besonders gut gelaunt.

Die kleine Wilma interessierte sich lebhaft für die ihr zunächst fremde Frau, setzte sich einfach auf deren Schoß, ehe sie wieder auf dem Küchenboden spielte. Moidl freute sich, dass nach so langer Zeit wieder ein Kind auf ihrem Schoß saß. Wilma war der Mittelpunkt im Raum. Im Gespräch schauten alle auf sie, die alte Hohenhauserin lächelte und fühlte sich sichtlich wohl.

Anna war sehr an Moidls Erzählungen interessiert und wollte vieles wissen: »Wie lange war kein Kind mehr am Hof?«

Moidl überlegte und antwortete nachdenklich: »Der da oben war der Letzte«, sagte sie und zeigte auf Franz' Sterbebild. »Es ist schön, dass ihr sein Bild in die neue Küche gehängt habt. Anna, du weißt schon, er war der Ledige von meiner Schwester Theresia, der Oma vom Patscher Peter. Auch er saß gerne auf meinem Schoß, wie die Wilma.« Ihre Augen begannen zu leuchten, sie gestand: »Als Franz im Ersten Weltkrieg in Galizien gefallen war, hätte es mir fast das Herz zerrissen.« Moidl erzählte, wie gerne sie eigene Kinder gehabt hätte, sei sie doch in einer Großfamilie aufgewachsen. »Der Krainer vom Willeiterhof wäre schon ein Netter gewesen, aber seine zwei ledigen Schwestern hätten es einer Zugeheirateten nicht leicht gemacht.«

Anna und Hermann spürten, dass die einst so tiefen Wunden verheilt waren. Moidl breitete mit Freude Geschichten aus längst vergangener

Zeit vor ihnen aus: von ihrer Kindheit, wie sie Hermann vom Steinacher Markt mitnahm und welchen Respekt sie vor ihrem Bruder Tumml hatte. Sie berichtete von ihrer Mutter, die sich in Hintertux nie zu Hause gefühlt hatte, von Schwester Gertraud, die beim Viehtrieb in eine Klamm gestoßen wurde, und von Georg, der mit seiner Tat die ganze Familie erschütterte und nun selbst ermordet worden war.

Moidl hörte nicht mehr auf zu erzählen. Anna und Hermann hatten das Gefühl, dass sie das tat, damit die Geschichten der Nachwelt erhalten blieben. »Weißt du noch, als du dir mit deinen ganzen Ersparnissen den Drahtesel gekauft hast? Weil du das Radfahren nicht konntest, hat es dich so gestingelt, dass deine Knie hin waren, wochenlang konntest du kaum gehen. Ich war so windig, dass ich das Eisenradl auseinanderhacken wollte.« Moidl konnte sich vor Lachen kaum noch halten. »Und dann die Schi, ... weil der Pichlsberger-Franz eine Schischule aufgemacht hatte. So viele Leute sind ihm hinterhergetrettelt, rauf und runter. Mindestens hundert Mal seid ihr hinter ihm hinaufgetrettelt ...«

Wieder lachte Moidl laut und fuhr dann fort: »Ich hatte dir gesagt, du wirst dir noch alle Haxen brechen, so wie der Nen-Simal, der in eine Gletscherspalte gefallen ist und danach kaum noch gehen konnte. Auch da hast du nicht auf mich gehört, bis es dich zerbröselte ...«

Franz Pichlsberger (1910, † 1973) mit seinem Schikurs am Weg zum Tuxer Joch. 1932 gründete Franz die »Schischule Pichlsberger, Hintertux-Lanersbach«.*

Auch jetzt lachte sie wieder so laut und herzlich, wie es Hermann nur ein einziges Mal gehört hatte, nach dem verunglückten Rosenkranzgebet.

Anna und Hermann waren überrascht, wie sie trotz des hohen Alters noch klar und gut erzählen konnte und was sie alles wusste. Mit den beiden hatte Moidl aufmerksame Zuhörer. Viele der alten Geschichten hatte Hermann noch nie zuvor gehört.

Mehrmals fragte Moidl nach, ob zwischenzeitlich nicht doch ein Brief von ihrem Bruder Sepp angekommen sei. »Wie wird es ihm wohl gehen, in diesem Amerika, wo Milch und Honig fließen? Wenn er gestorben wäre, hätten wir es sicher erfahren. Jetzt ist er 79 Jahre alt, ich bin zwei Jahre älter als er. Warum hat er uns so lange keinen Brief mehr geschickt, warum tut er uns das an?« Bei seiner Abreise nach Amerika hatte Sepp versprochen, dass er sein Erbanteil zurückschicken wolle, wenn er reich geworden wäre. Moidl nahm an, dass er sein Versprechen nicht einlösen wollte und sich deshalb nicht meldete.

Hermann holte Sepps beinahe vierzig Jahre alten Brief mit dem Foto aus der Schublade, wie ihn früher Moidl allzu oft herausgeholt hatte. Jedem Besucher hatte sie von ihrem reichen Bruder erzählt und jedem voller Stolz das Bild gezeigt. Zu sehen waren Sepp mit seiner Indianerfrau und den fünf Kindern. Alle standen vor einem riesigen Mähdrescher.

Hermann und Anna verheimlichten, dass sehr wohl ein Brief gekommen war. Niemals durfte Moidl erfahren, was darin stand. Das wollte man der armen Frau nicht antun, sie hatte ohnehin in ihrem Leben viel zu viel mitmachen müssen.

Aber Moidl gab nicht auf: »Hermann, frag doch bei der Gemeinde nach, vielleicht weiß der Bürgermeister etwas.«

»Moidl, ich verspreche dir, dass ich in den nächsten Tagen zur Gemeinde gehe und nachfrage. Vielleicht weiß man dort etwas«, antwortete Hermann.

Moidl beeindruckte, dass Hermann und Anna den Hof ohne Bedienstete bewirtschaften konnten. Sie schien die ruhige und besonnene Anna zu mögen, der sie bei ihrem Auszug noch so feindselig gegenübergestanden war. Nun hatte sie Respekt vor der Nenner-Tochter mit ihrer energischen Art. Sie war stolz auf ihren Adoptivsohn, der ihren Namen trug, eine Familie gegründet hatte und das Hohenhaus weiterentwickelte. Moidl hatte doch noch die Freude und den Frieden gefunden, den sie zeit ihres Lebens so vermisst hatte.

Schon beim Eintreffen im Hohenhaus hatte sie gesehen, dass Anna schwanger war. Wilma war ein nettes Mädchen, aber um einen Bergbauernhof in die nächste Generation zu bringen, bräuchte es einen Sohn. Moidl stellte sich vor, in Annas Bauch wäre der nächste Hofbesitzer und dieser würde den Namen Wechselberger eine Generation weitertragen. Nach und nach wurde ihr bewusst, dass sie mit dem Auszug einen Fehler begangen hatte. Viel lieber hätte Moidl ihre letzten Lebensjahre in ihrem geliebten Hohenhaus verbracht, dort, wo ihre Eltern, Geschwister und Vorfahren gelebt hatten und gestorben waren, wo sie selbst aufgewachsen war und viele schöne, glückliche, aber noch viel mehr traurige und leidvolle Momente erlebt hatte. Doch alles, was sie noch besaß, war jetzt bei Emma in Großvolderberg, und das Eingeständnis, einen Fehler begangen zu haben, kam für sie nicht infrage.

Beim Abschied quälten Moidl Gewissensbisse. Sie hatte gesehen und gespürt, dass Anna ganz anders war, als sie es ihr unterstellt hatte. Sie konnte zupacken und den Hof genauso gut bewirtschaften wie sie selbst. Und Hermann war ein Hofnachfolger, mit dem sie sich nicht schämen musste. Er und Anna hatten in der kurzen Zeit viel geleistet und zum Guten verändert. Gerne hätte Moidl miterlebt, wie Anna einen Sohn gebärt. Ihr Bauch war schon dick, es konnte nicht mehr lange dauern. Mit glasigen Augen verabschiedete sie sich bei Hermann.

»Ich bin froh, dass ich dich noch einmal treffen durfte und alles sehen konnte. Pfiat dich, Hermann, komm gesund vom Krieg zurück.«

Hermann war angespannt. Er fühlte deutlich, dass er Moidl nie mehr wiedersehen würde. »Moidl, ich werde nie vergessen, was du für mich getan hast. Für dich steht unsere Tür immer offen, bleib gesund.«

Nun ging Moidl auf Anna zu, die die kleine Wilma am Arm trug, wie schon bei ihrer Ankunft. Moidl zögerte, schaute Anna an, Tränen liefen über ihre blassen Wangen. Sie fand kaum noch Worte, legte ihre Hand auf Annas Bauch und sagte nur einen kurzen Satz, den Hermann und Anna in ihrem Leben nie vergessen würden: »Jetzt … kann ich gehen.«

Anna war gerührt und umarmte ihre Schwiegermutter. Nie hätte sie gedacht, was für ein

Mensch sich hinter der einst so abweisenden Frau verbarg. Die drei Tage mit Moidl und ihre Erzählungen hatten Anna zu tiefst beeindruckt. Auch sie war sich sicher, dass es kein Wiedersehen geben würde.

Anna mit Wilma (1942)

Mit der tröstenden Gewissheit, dass der Weiterbestand des Hohenhauserhofes mit dem Namen Wechselberger für die nächsten Generationen gesichert wäre, stieg Moidl zufrieden in den Bus. Ihr letzter Blick fiel auf die hohen Dreitausender des Gletschers, den Olperer, die Gefrorene Wand, den Großen Kaserer und auf die hoch über Hintertux gelegene Schafalm mit dem vom Schnee angezuckerten Wandspitz.

Die Bus- und Zugfahrt war für Moidl ein unbeschreibliches Erlebnis. Vom Bergsteiger- und Kurort am Hintertuxer Gletscher ging es durch Madseit, Juns und Lanersbach. Moidl erkannte viele Einheimische, die neben der Straße standen, und bewunderte die Zubauten an manchen Häusern und Höfen. Weiter ging die Fahrt zur tiefen Tuxbachklamm und der hohen und schmalen Rosengartenbrücke. Da konnte einem schon schwindelig werden, wenn man durch das Fenster in die Tiefe sah.

Von Finkenberg brachte sie eine steile Straße hinunter bis zum Zillertaler Talboden und weiter zum Bahnhof Mayrhofen. Die Straße existierte noch nicht lange, zuvor führten die kürzesten Wege ins Inntal über das Geisel- oder Tuxerjoch.

Mit der Zillertalbahn ging es in flottem Tempo talauswärts. Moidl schaute durch das Fenster und schwelgte in Erinnerungen an die schönen Tage in ihrer Heimat, die sie wohl nie mehr sehen würde.

Beinahe ihr ganzes Leben lang hatte sie Kummer und Sorgen gehabt. Nun war sie zufrieden wie seit ihrer Kindheit nicht mehr. Es war eine gute Entscheidung gewesen, den Hof an ihren Adoptivsohn zu übergeben.

Schon in seinen Kinderjahren besaß Hermann die Fähigkeit, sich schnell anpassen zu können. Er übernahm das Wesen und den Charakter von ihr und Tumml, seinen Zieheltern. Hermanns ruhige und besonnene Art erinnerte Moidl an ihren eigenen Vater. Auch wenn er kein Blutsverwandter war – Moidl wusste, dass Hermann sehr viel von ihr und Tumml angenommen hatte. Sie war sich sicher, dass er und seine Nachkommen die Seele und den Geist der alten Hohenhauser in die nächsten Generationen bringen würden. Vielleicht würde Annas Sohn nach ihrem Vater Alois oder ihren Brüdern Franz oder Tumml benannt werden? Ihre einzige Sorge waren das Kriegsgeschehen und Hermanns Einberufungsbefehl mit der Gefahr, dass er nicht mehr zurückkehren könnte.

»Jetzt kann ich gehen«

Ein paar Wochen nach ihrer Rückkehr an den Großvolderberg erkrankte Moidl an einer schweren Grippe. Sie verspürte zunehmende Schwäche und erinnerte sich immer öfter an die letzten Worte, die sie vor ihrer Abreise zu Anna und Hermann gesagt hatte: »Jetzt … kann ich gehen.«

Sie wusste, dass dieser Zeitpunkt näher kam, und wiederholte immer wieder: »Ich habe meine Pflicht erfüllt; altes Leben geht, junges kommt nach.«

Emma pflegte Moidl, brachte ihr Essen, das sie immer öfter ablehnte.

Moidl erkundigte sich immer wieder, ob ein Brief von ihrem Bruder Sepp gekommen wäre und ob Anna einen Sohn bekommen hätte. Zuletzt bat sie Emma, sie möge Hermann, Anna, der kleinen Wilma und dem noch ungeborenen Hohenhauser einen Gruß von ihr bestellen und allen ausrichten, dass sie stolz auf die neue Hohenhauser Generation sei.

Emma ließ den Pfarrer rufen, der Moidl die Letzte Ölung erteilte. Auf den letzten Husten folgte die immerwährende Ruhe.

Emma war in tiefer Trauer, blieb noch lange Zeit am Totenbett ihrer verstorbenen Ersatzmutter, die sie über so viele Jahre begleiten durfte.

Im Herbst 1942 hatte sie nach dem Besuch am Hohenhauserhof ihren inneren Frieden gefunden. Am 12. Januar 1943 schied die in ihrer Heimat beinahe legendär gewordene »Hohenhaus-Moidl« aus dieser Welt.

Zur Erinnerung im Gebete

an die ehrsame Jungfrau

Maria Wechselberger

Bäurin zu Hohenhaus Hintertux

welche am 12. Jänner 1943 · nach kurzer Krankheit, versehen mit den heiligen Sterbesakramenten, im Alter von 82 Jahren selig im Herrn verschieden ist.

Sie ruhe in Frieden!

Ich hab einen guten Kampf gekämpft, Den Lauf vollendet, den Glauben bewahrt.

Mein Jesus Barmherzigkeit!

Fa Josef Trautner, Innsbruck. Q/0115

Stammtafel der Familie Wechselberger-Profer

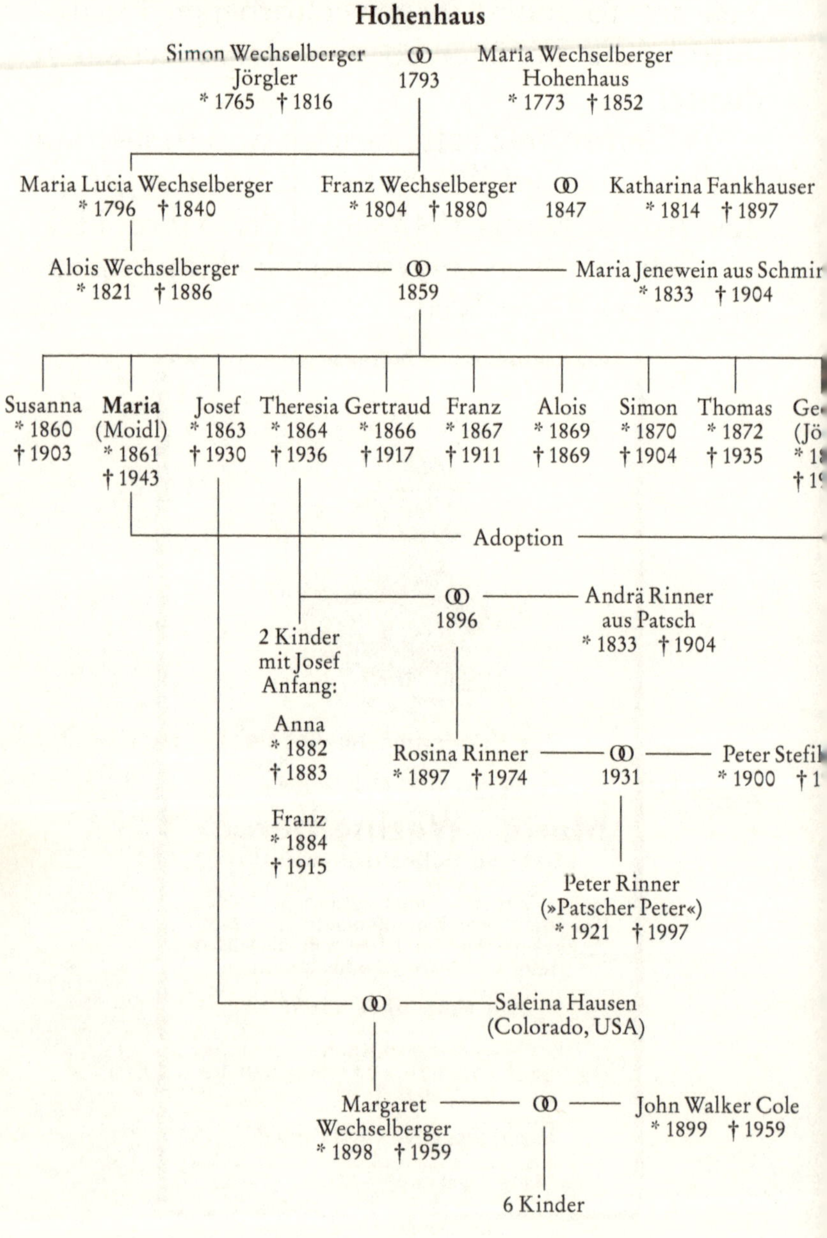

Familie Profer

Familie Tipotsch Nenner

:nand ꝏ 1872 Maria Maier
:ofer * 1841 † ?
839
?

Johann Streng ꝏ 1869 Helena Schatz
* 1826 † ? — * 1840 † ?

Joseph Tipotsch ꝏ 1863 Philomena Stock
* 1832 † 1922 — * 1843 † 1925

Franz X. Wechselberger ꝏ 1850 Elisabeth Erler
* 1809 † 1892 — * 1830 † 1901

;e-
ister

Valentin Profer ꝏ 1900 Marianna Streng
* 1875 † 1921 — * 1877 † 1916

4 Geschwister

Simon Tipotsch ꝏ 1895 Anna Wechselberger
* 1867 † 1948 — * 1874 † 1939

:schwister:
:arolina
1893 † ?
ilhelmina
(Mina)
95 † 1983
Vilhelm
1896 † ?
Anna
1901 † ?
Maria
maculata
02 † 1921
;ypriana
Martha
06 † 1953
Ida
11 † 1970
eda Josefa
15 † 1970

Hermann Wechselberger-Profer ꝏ 1940 Anna Tipotsch
* 1909 † 1978 — * 1911 † 1978

11 Geschwister:
Franz Josef
* 1895 † 1901
Filomena
* 1898 † 1918
Sophie
* 1899 † 1986
Friedrich
* 1902 † 1907
Hermann J.
* 1904 † 1982
Juliana J.
* 1906 † 2000
Judith
* 1907 † 1988
Michael
* 1909 † 1941
Franz
* 1913 † 1995
Maria
* 1915 † 1935
Frieda
* 1917 † 1976

Wilhelmine (Wilma) ꝏ 1959 Max Egger
* 1940 — * 1922 † 2018

Ilse
* 1943 † 1993

Christine
* 1950

Martina Egger
* 1960

Hermann Egger
* 1963

Josef J. Egger
* 1963

Bildnachweis

Erika Hubatschek 99, 103, 178
Gemeinde Tux 168, 169, 203
Hohenhaus 7, 12, 21, 38, 43, 57, 72, 79, 91, 93, 107, 127, 128, 131, 142, 149, 157, 173, 182, 193, 215, 219
Klaus G. Förg 17, 61
Norbert Pichlsberger 211
unbekannt 81

Weitere Romane aus dem Rosenheimer Verlagshaus

Der Tuxer Schäfer
256 Seiten
ISBN: 978-3-475-54910-6

Mit dem Schicksal des Bauern vom Hohenhauser Hof, dessen Wesen ein heimliches Leid überschattet, ist das Leben des Tuxer Schäfers, eines einfachen Schafhirten, auf geheimnisvolle Weise verbunden. Als zwischen der Bauerntochter und dem Schäfer eine zarte Liebe entbrennt, entwickelt sich eine tragische Liebesgeschichte, die nach großen Schwierigkeiten doch noch zu einem guten Ende kommt.

Margret
272 Seiten
ISBN 978-3-475-55008-9

Margret kommt 1943 in Südtirol zur Welt. Auf dem Bauernhof ihrer Eltern wächst sie behütet auf, obwohl schwere Schicksalsschläge die Großfamilie heimsuchen. Zudem bleibt ihr abgelegenes idyllisches Bergdorf nicht von den politischen Wirren in Südtirol verschont. Schon früh erfährt das aufgeweckte Mädchen, dass eine ihrer Tanten als Katakomben-Lehrerin in ständiger Gefahr geschwebt hatte. Von der »Option« zwischen 1939 und 1943 bleibt die Familie zwar unberührt, doch die Zeit der Bombenattentate und anderer Anschläge erlebt Margret bewusst mit.